不潔が怖い

強迫性障害者の手記

花木葉子

星　和　書　店

Seiwa Shoten Publishers

2-5 Kamitakaido 1-Chome
Suginamiku Tokyo 168-0074, Japan

I am with Mysophobia

My story of overreaction to the slightest uncleanliness

by

Yoko Hanaki

まえがき

ここに書かれていることは、強迫性障害のほんの一例にすぎません。症状は人によってさまざまで、自分のことだけ書くとしても、症状を全部書くことは不可能です。強迫性障害の患者なら、皆同感だと思いますが、症状があまりに多くありすぎるからです。

一番ひどい症状の時のことを書き表すのは、更に不可能です。症状のひどい時、また、ひどいうつ状態の時の気持ちは、症状が少しでも回復すると、あまりはっきり思い出せないのです。でも、そんなひどい状態の時に、メモを取る余裕など、到底ありません。いつでも書けるように、ノートを開いておけば、と言われましたが、症状にとらわれている時は、そのことしか頭にないので、やはり無理なのです。

また、言葉に表せば表すほど、真実の姿が遠のいていく気がして仕方ありません。「こんなじゃなかった、もっと悲惨だった、もっと苦しかった」と思えるのです。でも、「書は言を尽くさず、言は意を尽くさず」と思って、少しでも皆さんに伝わるように努力しました。

私の場合、病名は強迫性障害の不潔恐怖です。文字通り、不潔に対して恐怖心、強迫観念があり、主に強迫行為という行動をとってしまいます。手を洗うのがやめられなかったり、やたら物を拭いたり洗ったり、お風呂に時間がかかったりするのです。

きっかけは何だったのかと、幾度も聞かれました。しかし自分でも、一体何がきっかけだったのか、そもそもきっかけなどというものがあったのか、さえ分からないのです。そのくらい、始まりはぼんやりとしていて、だんだん症状がひどくなっていったとしか言えません。だから、もう何人もの医師に話したことですが、自分が一体いつから強迫性障害になったのか、はっきりした時期は分かりません。もともと神経質なところがありましたが、たまに人からそう指摘されるぐらいでした。友達が買ってきてくれた葡萄《ぶどう》を皆で食べながら、お皿の上のホコリに気づいて、「このお皿、洗った?」などと聞いたりしたような時です。

学校や寮などの、他人が使うトイレを掃除したりすることは苦手でしたが、どうやって切り抜けていたか覚えていません。社会人になって一年目の時は、会社の電話の受話器を直接耳にあてることができましたが、公衆電話は、汚れているせいもあって、使うのが嫌でした。それから三年後には、会社の電話も、直接耳につけることができず、髪の毛の上から、そっとあてている感じになりました。

ある日、友人に、「ナプキン持ってない？」と言われて、用心のために一個だけ入れて持ち歩いていた小さな布製のポーチごと貸しました。その人がポーチを返してくれた時に、ふと、不安がよぎりました。彼女のスカートにはポケットがなかった、トイレの中で、彼女はポーチをどこかに置いたんじゃないだろうか。変なことを聞くと思われると思って、確かめることはしませんでしたが、その後、そのポーチを何度洗剤で洗っても、なんとなく汚れてしまっているようで、使う気がしなくなってしまいました。母の手作りで、大きさ、形もちょうど良く、気に入っていたので、残念でしたが、「何か汚いものがついて汚れてしまった」という考えが頭にこびりついてしまったのです。彼女は、喫茶店で私が袋入りのストローを床に落としてしまった時に、「大丈夫だよ」と言って自分のと交換してくれるような人でした。

思えば、この頃はまだ病気ではなかったのかもしれません。こういうことについては、日記にもいっさい書いていないので、印象に残っていることを思い出していくしかありません。

私は、ホームレスの人が大変苦手です。やむなくホームレスになってしまった方には申し訳ないことですが、遠くで目にしただけでも、近寄られたらどうしよう、とおびえてしまいます。理由は、とても汚れているからです。

その最初のショッキングな出来事は、私が二十三歳ぐらいの時に起こりました。夕方のラッシュの山手線に乗っていて、ふと、ふくらはぎに冷たいものを感じました。ヒヤッとして気になって、つい振り向くと、背の低い汚れた赤ら顔の男が、私を見上げていました。冷たく感じたのは、多分、彼の持っていた紙袋でしょう。私はゾッとして、感情が顔に出てしまいました。ホームレスにくっつかれたのは、その時が初めてだったのです。間違いだったらいい、と思ってもう一度振り向くと、男は「何だよォ、お前」と言ったので、私は恐ろしくなって逃げ出しました。すると男は、同じ言葉を繰り返しながら追っかけてきました。私は必死で混んだ車内をかき分け、降りる駅じゃないのに降りてしまいました。家に帰ると、着ていたものをすぐに脱いで、上着やスカートをクリーニングに出しました。それからは、ホームレスが近くにいないか、いつも気にするようになりました。ホームレスがよく乗っている山手線は、一番苦手な電車でした。

新卒で社会に出たばかりの頃、私は神経質でしたが、日常生活で問題があるほどではありませんでした。他人の使った湯呑み茶碗やコーヒーカップを洗うのはもちろん平気でしたし、会社でのそういう作業は忙しくない時は気分転換になるので、時間があれば率先してやるくらいでした。灰皿を洗うのも、紙コップを捨てた時のコーヒーの飲み残しで汚れたゴミ箱を洗うのさえ平気でした。つまり、普通だったのです。

毎朝、始業時間の一時間くらい前には出社し、机や電話機を拭いていました。食品会社だったせいか、上司がきれい好きで、窓の桟《さん》やキャビネットの上など、指で触って「ホコリがあるよ」と言われることがあると、自分のいたらなさを恥と感じ、「この次は言われないようにしなきゃ」と思って、翌日、また一生懸命拭きます。どんどんエスカレートして、会議室の机や黒板など、拭き始めるときりがありません。毎朝、汚れているところはないか、と探して拭いていると、始業時間にはすでにくたびれていました。

別に、上司など周囲の人々が嫌みだったり意地悪だったりしたわけではありません。むしろ、私が大人しい人間だということで、私の知らないところで気を遣ってくれていたと思います。ただ、私の緊張もただならぬものでした。初めて社会人になって、お給料をもらって仕事をしているのです。ちゃんとできないと死刑になる、くらいの気持ちでいました。失敗をすると、ひどく落ちこんでいました。そういう気持ちで仕事をしていると、どこまでやれば許されるのか分からなくなります。しかも総務課では、年間を通して毎月のように次々と新しい仕事があり、入社一年目で完璧にやろうとするのには無理があります。でも、全部きちんと間違いなくできなければならないという思いこみがあります。だからいつも緊張の連続なのです。

どうしてこんなことを書くのかというと、仕事についてもともと不真面目な人間ではないということを分かってほしいためです。この後に出てくる、強迫性障害になってからの仕事ぶりと比べてほしいのです。また、私の性格について、後に出てくることとも関係があります。同情を求めているのではなく、その時その時の、私の気持ちをできるだけ想像してほしいのです。

不潔が怖い——強迫性障害者の手記——〈目次〉

一　会社での私

❖──汚い会社

強迫性障害は、何について強迫観念を持っているのかは、個人個人で皆違っています。私の場合、まず日常生活に支障をきたしている症状として、不潔恐怖による強迫観念、強迫行為があります。これにもう十年以上悩まされているのですが、二十代後半、ある出版社に就職していたところから話を始めてみましょう。

面接の時はあまり観察できず、入社してしまってから、とんでもない会社に入ってしまったと思いました。私の何より苦手な汚いビルだったのです。外側は何度もお化粧直ししてあるらしく、さほど汚く見えませんでしたが、いざ入社してみると、内側はひどいものでした。

毎朝、出勤すると、自分の机を拭くだけでいいのですが、毎日拭いているのに、白いタオルに細かい黒いホコリが、毎朝つくのです。新卒で就職した時の食品会社では、考えられないことでした。毎日拭いている電話機など、そう汚れているものではないはずなのに、毎日、黒いものがつくのです。それほど、室内にたくさんのホコリが、常に舞って積もっていたのでしょう。それを考えると、ゾッとしました。

女性にお茶くみを義務づけていない、ある意味進歩的な会社だったのですが、皆が使う給茶器や給湯室の片づけは、誰かがやらねばなりません。それを、総務の女性が交替でやっていました。汚い建物の、どこが一番耐え難いかといいますと、水回りです。トイレと給湯室がとても汚らしいのです。お掃除の人がちゃんと掃除していないという段階の問題ではなく、ビルの老朽化が進んで、いくところまでいってしまった、という感じで、こちらの使い方でどうにかなるという段階ではないのです。

私はお守りとしてはめている指輪がありましたが、給湯室の片づけをする時は、必ず指輪をはずしてやりました。給茶器のお茶がらを捨てる時、生ゴミ入れのフタを触るのも苦痛でした。私は給湯室の棚に、プッシュ式のハンドソープを常備しておいて、給湯室のものに触ったら、必ず自分用のハンドソープで、泡ぶくぶくにして手を洗わないではいられませんでした。だから、給湯室の片づけ中に電話でも入ると困ってしまいます。電話の相手を待たせるわけにはいかず、そのまま受話器やボールペンに触らなくてはなりません。すると、それらに汚れが移ってしまいます。他の人のように、給湯室の床（なぜかいつもタイルが濡れている）に落ちたものを拾ったり、壁に寄りかかったりなどできるはずもありません。ハンカチを落としてしまった時は、床に手が触れないように、つまんでゴミ箱に捨ててしまいました。

給湯室は廊下の突き当たりにあり、窓がないので真っ暗で、使う時はいちいち電気をつけないといけません。ある日、すぐ手前の男子トイレから出てきた人が、その手で給湯室の電気のスイッチに触り、電気をつけて、手を洗っているのを見ました。ということは、彼はトイレで手を洗ってこなかったのかもしれません。つまり、どんな人がどんな手でスイッチを触ったか分からないのです。給湯室を使う時は、電気をつけないわけにはいきません。私は、手を洗った後、給湯室を出る時に、電気を消すことができなくなりました。再びスイッチに触ると、また汚れてしまうからです。電気の無駄使いという罪悪感が胸を刺しましたが、蛍光灯はつけっ放しの方が省エネなんだからと、無理矢理に自分を納得させていました。

トイレの話が出ましたが、トイレは給湯室へ向かう廊下の右手に男女並んでドアがありました。そして、その廊下のもう片側は、衣服用のロッカーがぎっしり並んでいました。そのロッカーのために、廊下はとても狭いものになっていました。人が一人、通るだけでいっぱいでした。ということは、お掃除の人が、壁やロッカーのドアに接触しているかもしれません。お掃除の仕事をしている人には申し訳ないのですが、私にとって、お掃除の人はとても怖い存在だったのです。それに、トイレのドアのすぐ近くに向かい合っているロッカーは、私にとっては汚いものでした。また、ロッカー自体が古くて汚れていました。だから私は、通勤時の上着は仕方ありませんが、冬に社内で着るカーディガンを入れることもできませんでした。寒くても我慢していたのです。私は汚いロッカーにもトイレのドアにも接触したくなくて、身体をななめにして通っていました。一番困るのは、その狭さの中で、すれ違わなくてはならない時でした。廊下の手前で、向こうから人が来るのが見えると、私は立ち止まってやり過ごしましたが、私が通ろうと歩き出した時、ロッカーに用事のある人が来て、私に気づいてロッカーにピタッと身体をつけて通してくれようとした時は、悲惨な気持ちでした。通らなければ相手の厚意を無にしてしまいますし、しかし、その人のロッカーがトイレの真向かいで、私はトイレのドアにぴったり寄り添ってそこを通りぬけなければならなかったからです。そうすると、トイレの何か汚いものが、自分についてしまう気がするのです。

❖――不潔恐怖、確認行動による遅刻

その会社は、朝は九時十五分から始業でしたが、十時までは遅刻扱いにならないシステムでした。でも、私はなかなか十五分までに出社することができませんでした。もともと朝がだらしないわけではなかったのです。先述しましたが、以前に勤めていた会社では、八時半の始業なのに、およそ一時間は早く出社して、机やキャビネットの上、会議室の机や窓の桟などを拭きまくっていました。社会人になったばかりで緊張していたのでしょうが、一生懸命だったのです。

では、今度の会社では不真面目にしていいと思っていたのかというと、そういうわけではないのです。朝九時十五分までに出社しないことが、周囲からよく思われていないことも自覚していました。ある目上の人からは、「夜、学校にでも行ってるの？」と何度も聞

かれました。嫌みだったのでしょう。営業のある男性には、「低血圧なんだね」と言われました。でも、どちらも違っていました。

朝、目覚めた瞬間から、会社へ行くのが嫌でたまらなくなっていました。また、あの汚い会社へ行かなくてはならないと思うと、暗澹《あんたん》たる気持ちでした。外に出るだけで汚れるのに、汚い会社で、一日の大半を過ごさなければならないのです。

会社へ行くのが嫌なあまり、夜はなかなか寝る気になれませんでした。眠ったら朝になって、会社へ行かなければならないと思うと、いつまでも寝る気になれなかったのです。だからといって、寝坊していたわけでもありません。目覚まし時計で起きることは起きるのですが、布団をたたんだりするだけの間にも、何度も放心状態になってしまうのです。時計を見て、「まずい」と思うのですが、またすぐに放心してしまうのです。どうして放心するのか分かりませんが、不潔恐怖で神経がすり減り、寝ても神経の疲れがとれていなかったのかもしれないし、現実逃避もしかしたらあったのかもしれません。

私を生き辛くさせていたのは、不潔恐怖だけではありませんでした。後にそれを、確認行動というのだと知りました。火の元や戸締まりが、何度確認しても安心できず、何度も何度も繰り返し確認するのです。順番が決まっているので、アパートの部屋の中をぐるぐる何度も確認してまわるのですが、何度やっても、「あ、今集中していなかった気がする」などと不安になって、終了できないのです。コンセントは何度も何度も手でなでて、何もささっていないのを確認します。アイロンやドライヤーなどのコードの先端を、手の平に強く押しつけ、その感触で納得しようとします。窓のサッシを何度もガタガタ開けようとして、開かないのを確認します。サッシの鍵を一度こわしてからは、慎重にこわさないようにに確認しました。サッシの鍵を、ストッパーで開かないのを力をこめて確認していたらこわしてしまったので、それからは、鍵がかかっているのを指でなぞって、その感触で確認することにしたのです。台所とお風呂の元栓も何度も指で触って閉まっているのを確認します。

一番ひどいのは、玄関のドアの鍵を確認する時でした。何度も何度もノブを回して、開かないのを確認します。ガチャガチャやっていると、「また電車が一本遅くなっちゃう」という考えが脳裏をかすめます。すると、「気が散ったから、今の確認は信用できない」と思って、またガチャガチャやります。「何度もノブを回して開けようとしたけど開かなかった」と手で記憶するのです。それでやっと安心して歩き出せるのです。この玄関の鍵も一度こわしたことがあります。力をこめてガチャガチャやりすぎたのです。幸い、二つ鍵がついていたので、一方を閉めて、大家さんに修理をお願いして出掛けました。

いつまでもガチャガチャしていると、隣のドアが開いて人が出てきます。すると、私は慌ててバッグの中身を探し物でもしているふりをするのです。自分のやっていることが変だという自覚があるので恥ずかしいのです。隣の人は、鍵を閉めると、一度もノブを回して確認したりせずに、とっとと行ってしまいます。私は、「ガチャガチャ回しても開かなかったぞ」という確認の儀式に邪魔が入ったので、「今までの分は信用できない、もう一度最初からやり直し」になってしまうのです。時計を見て焦ります。焦れば焦るほど、気が散ってしまうから安心できません。ガチャガチャやりながら、何度も泣きそうになりました。いつまでたっても出掛けられないからです。私は会社の人から時間にだらしがないと思われていたでしょうが、こんな事情があったのです。

❖──服装・化粧・トイレ

会社へ行くのが嫌な理由が、不潔恐怖だけとは言いません。仕事の内容や人間関係、いろいろあって当たり前ですから。でも私の場合、不潔恐怖という鎖で、生活ががんじがらめになっていたのは確かなのです。もし強迫性障害でなかったら、あんな風にならなくてもよかったのに、と思うことだらけなのです。

着ている洋服で気分が大きく影響を受けるということを身にしみて味わわされていたのもこの頃です。強迫性障害の症状が出る前の私は、お店で気に入った服を買い、会社にも遊びにも着ていました。そうすると、普通の人のように、気に入っている服しか着なくても済みます。気に入っている服を着ている時は、人間、気分がいいものです。ところが、強迫性障害になると、汚いと思っている会社に、気に入っている服を着ていくことができなくなりました。汚れてしまうと思ったのです。それで、気に入っている服を着るのは休日の外出の時だけになり、会社へ着ていく服は、会社用として買うようになりました。会社へ着ていくのは汚れても悲しくない服、いつ捨ててもかまわない服だけ、というわけですから、セールなどで安物を買いました。機能性だけを考え、好きでもないけどまあ着てもいいやと思う服を買い、会社に着ていくのです。気に入って買った服は、休日しか着られません。一週間のうち、五日は働いているのですから、気に入らない、自分をひき立ててくれない、どうでもいい服を着ている日がほとんどです。靴もバッグも、会社用と決めていました。出版社なので、そんなにいい服装をしている人ばかりではありませんでしたが、広告部などの若い女性が、仕事のためにきれいなスーツなど着てくると、「わー、汚れちゃうよ、もったいないよー」などと言いました。本当は、周囲の人がおしゃれをして、自分のみすぼらしさが目立ってしまうのが嫌だったのです。誰にも何も言われていないのに、みすぼらしい格好をしている自分は見下げられている、と思いこみ、ますます会社へ行くのが嫌になります。

もう一つ、大きなコンプレックスは、お化粧でした。ロッカー室などないので、化粧直しをする場所が、例の汚いトイレしかありませんでした。私はバッグを持ってトイレに行き、ドアに触ったので手を洗い（その間、バッグは肘に掛けておき）、それから全身緊張に包まれながら、脂取りをし、ファンデーションを直し、口紅を塗り直しました。トイレは狭く、休憩時間は皆重なるので、いつもドキドキして落ちつきませんでした。口紅を床に落としたりしないように、異常に緊張しました。ある時は、混んでいて、ドアの近くに仕方なく立っていたら、外から人が入ろうとして開けられたドアが、勢いよく肩にぶつかりました。その時着ていたブラウスは、結局、捨ててしまいました。

落ちついて化粧直しができないので、いっそしない日も多々ありました。脂も取らず、昼食をとって口紅も完全に落ちてしまっているのに、何も直していない、口紅すらついていない状況は、ますます自分をコンプレックスの塊にしました。口紅もつけていない、みっともない女だ、と自分で自分を卑下していました。でも、汚いトイレで化粧直しをするのは、私にとって、毎日やるにはスリルがありすぎたのです。他の人たちのように、洗面台に物を置くことすらできませんでした。私はトイレを使うことさえ、なるべく我慢していたのです。朝十時前に出社し、夜九時まで残業しても、一日中トイレに行かないこともありました。私はこの頃は、あまりトイレが近くなかったのです。トイレを我慢することはそれほど大変なことではありませんでした。自分が気持ち良くないだけで、仕事への集中力が落ちるようなことはありませんでしたし、それほど行きたければ行くことはできました。

自分をみっともないと思い続けるのは辛いものです。でも、その感情から自分を解き放つことは不可能でした。私はますます愛想が悪くなり、いつも仏頂面をして人に感じ良く接することがどんどんできなくなっていきました。いつも「自分はみっともないから軽蔑されているに違いない」と思いこんでいました。

給湯室などで、よく話しかけてくる男性がいましたが、ある時彼は、私の着てきた服装を、一週間前までさかのぼって全部言ってくれました。まるで暗誦でもするみたいに。彼は悪気ではなかったのですが、私はそこまで人からよく「見られている」ことにショックを受け、ますます落ちこんでしまいました。

会社の帰りに、友達と会うなどの予定を入れることは、なるべく避けました。「みすぼらしい」身なりで人に会う気はしないからです。

単独行動が好きな私は、一人で劇場に行くことが大好きでした。休日に、好きな映画や芝居を観るために劇場へ行く、その時が私にとって一番おしゃれをする時だったのです。お気に入りのきれいな服を着て、バッグや靴も、お気に入りです。バッグは、映画や芝居のプログラムがすっぽり入る大きさのものを持っていきました。手に持って帰ると、帰り道で汚れてしまうと思ったのです。

劇場の中にいる時が至福の時でした。まだ新しいきれいな劇場へ行くと、まず化粧室に行って手を洗い、化粧を直します。トイレはほとんど使いません。プログラムを買ってバッグにしまいます。観る前には読まないのです。そしてワクワクして映画や芝居の始まるのを待つのです。しかし、古くて汚い感じの映画館などは、大変緊張しました。そこでしか上映しない映画など観たい時は、やむなくその劇場へ出かけますが、化粧室へは入らず、席はガラガラなのに立ったまま二回り観たこともあります。気持ち悪くて座れなかったのです。

観客のマナーがいい劇場や映画館の時はいいのですが、映画ファン以外の人も観に来るような映画館へ行く時も緊張しました。いわゆる、ハリウッドのメジャー系の映画をやるような映画館です。

私は、隣やすぐ後ろの席に男性が座るのが大嫌いでした。大抵の男性は、足を開いて座ったり、足を組んだり、また、前の席の背もたれに靴を押しつけたり、などという行動をします。そういうことが、とても気になってしまうのです。それについては、後で詳しく書きます。

❖――新聞整理のジレンマ

総務の雑用をしている先輩さんが、朝、新聞を何種類も整理しているのを見て、思わず「大変ですね、手伝いましょうか」と声をかけたら「そう、じゃ今日からやって」と、私の仕事にされてしまいました。すると翌朝から、出勤すると私の机の上に、新聞の山が無雑作に置かれているようになりました。ある時、その新聞は、毎朝会社のドアの前の床に配達されているということを知り、触るのも嫌になってしまいました。土足の床は、私にとって、とても汚いものだったからです。仕方なく、指先で触るような気持ちで毎日とじていました。もちろん、その後、机の上を念入りに拭くのですが、悩みの種は、そのあとでした。一週間分たまると、新聞とじからはずしてまとめておきますが、狭い会社で、保管場所がなく、仕方なく廊下の床の上にためてありました（その頃、古新聞は値段が安かったらしく、少ない量では、なかなか回収に来てもらえませんでした）。

ある時、誰かが古い記事を探して、積んであった新聞の束を崩しました。その人は目的の記事を見つけると、自分が崩した束を片づけずに、そのまま散らかしておきました。私が気づいた時には、すでに新聞が皆に土足で踏みつけられていました。私にはそれがとても汚らしく、とても手で触る気がしませんでした。しっかり触らないと、元通りに直せません。でも、土足でグシャグシャに踏みつけられた新聞は、私にはとても触れないものだったのです。毎日毎日、日に何度もそこを通るたびに、私は責められている気がしました。散らかしたのは私ではありませんが、皆、片づけるのは私の役目だと思って誰も直してくれません。私も、自分の仕事だ、自分がやらなくては、と痛いほど分かっているのですが、どうしても触れません。毎日毎日、踏みつけられて新聞はどんどん汚れ、汚らしくなっていきます。誰も何も言いませんが、私は毎日毎日責められていました。ある日、やっと決心して直しましたが、それまで、自分はやるべき仕事をやっていない、悪い社員だ、悪い人間だ、と感じ続けていたのです。

模様替えの罪悪感

その会社は、お給料やボーナスは良かったのですが、そのせいか会社設備などにお金がかかっていなくて、古くて汚れ放題で、個人の努力でどうにかできるような環境ではありませんでした。いつも、どこかでホコリを撒き散らしながら、机を自分たちで動かしたり、模様替えなどをちょこちょこやっていました。

ある時、もう帰ろうと思って、ある部屋の前を通りがかると、模様替えの真っ最中で、物がごったがえしていました。何人かの人たちが、大きな機械を動かそうとして、身動きがとれなくなっている様子でした。その中の一人と目が合いました。明らかに、私の手助けを必要としていると分かりました。私は、手を貸すべきだと思いましたが、目の前にある物を見て、凍りついてしまいました。そこには、古びた掃除機が横たわっていたのです。

その掃除機は、収納場所がないからと、使われない時は、トイレの用具入れにしまわれていたのです。私は、トイレの用具入れの扉の取っ手にさえ、触れません。そこにどんな風にしまわれているか分からない、どの道そこにしまわれている、その掃除機には、もちろん触ることはできません。

その時、私はその掃除機をどかすか、またぐかしなければ、手伝う場所には行けませんでした。でも、その掃除機に近づくこともできない私には、どかすために触ることはおろかまたぐことさえできなかったのです。どうしても、またげませんでした。

それで、自分の手助けが求められているると感じながらも、それを振り切って、私はその部屋の前を通りすぎてしまいました。困っている人がいるのに見捨てる時と同じです。罪悪感で私は押し潰されそうでした。自分を責めながら、タイムカードを押して帰ってきてしまいました。そんな自分が本当に嫌でした。

私がどんなに罪悪感に責められながら働いていたのかを知ってほしいのではありません。どれほど「やらなければ」という気持ちがあっても、不潔恐怖のために、どうしてもできなかった、それが強迫性障害というものなのだ、ということを知ってほしいのです。毎日毎日、そういうことの連続だったのです。

❖——エレベーターの恐怖

ある日、私は少し残業してから帰りのエレベーターに乗りました。そのビルは、エレベーターの位置が変わっていて、階と階の間に、つまり階段のおどり場にあるのです。私の勤めていた会社は六階にありました。私が階段を半階分下りてエレベーターに乗ると、五階で工事が行われていたらしく、作業員の人が階段を上ってきて、エレベーターに乗りました。古いビルですから、いつ内装工事が行われていても不思議ではありません。

しかし、その人が持っていた物を見て、私は仰天してしまいました。その人は、古くて汚れた、取りはずした便器を持っていたのです。そういう仕事をされている方には申し訳ないのですが、私の場合、そういう状況は耐え難いものだったのです。狭いエレベーターの中に、そんな物を持ち込まれて、私は逆上して思わず叫びました。

「遠慮してください！」

その人は「はいっ」と答えましたが、降りてはくれません。隅っこにいればいいと思ったのでしょう。エレベーターの中にはもう一人、上から乗ってきた男性がいましたが、少しだけ驚いたようでしたが、平然としていたと思います。

私の方は、大ショックでした。あの人たちは、階段を使わず、トイレの工事をしながら、その手でエレベーターのボタンを押していたのだと思うと、それからは私はそのエレベーターのボタンを触ることができなくなりました。朝の出勤の時も、六階まで階段を歩いて上りました。しかし、会社の人たちは、皆、あのエレベーターのボタンを押しているのです。そして、その手でいろいろな物を触っているのです。私は、会社にある物は、すべてトイレの便器の汚れがついている、汚い、と思えてしまうようになりました。何もかもに、そんな汚れがついていると思うと、会社にいる時、ますます、汚いものに取り巻かれていると思い、私にとってはその会社に毎日出勤することが本当に辛かったのです。会社で誰かに物をもらっても、素直に喜べませんでした。会社の人の手は、恐ろしく汚れているものだったからです。相手の行為に心底感謝することができず、そのことも私を辛くさせていました。

仕事そのものは好きでしたから、少しくらいお給料が減っても、きれいな会社がいい、そうすれば楽しく仕事ができる、といつも思っていました。

二　日常生活の中の私

❖――帰宅後の洗濯

外出から帰ってきて、まず私がすることは、服を全部脱ぐことです。外で着ていた服は汚いので、部屋の入り口ですぐ脱いで、引き出し付きのスチール製ハンガーラックに、掛けたりしまったりします。そこは、お風呂に入る前に入っていい領域です。部屋の中が見えない線で仕切られ、この場合は、中央に置いてあるテーブルの真ん中なのですが、それより奥は、お風呂に入って清潔になってからでないと入ることができない領域なのです。逆に、お風呂から上がって自分の身体が清潔になってしまうと、外で着ていた服や会社用のカバンなどには、近寄ることもできません。お金にも、外で使う持ち物にも触れません。

洋服を脱ぐと、「外から帰ってからお風呂に入る前に着る洋服」というのを着ます。もちろん家の中でしか着ない服です。夏なら下着のままです。それからトイレに行きます。そして、便座カバーを、毎日取り替えます。私は会社の汚い（と私には思われる）トイレを、生理的に許す限り、なるべく利用しませんでした。一日中、トイレに行かない日は何日もありました。行ったらお尻が気持ち悪いし、行かなくても、会社などで椅子に座った時、太ももの裏側が汚れた気がするので、便座カバーは毎日取り替えなくてはなりませんでした。

それから買い物をしてきた日は、買ってきたものを、洗えるものは何でも流水で洗いました。店で誰がどんな手で触ったか分からないし、店員さんが床に置いたり落としたりしているのも見たことがあるからです。流水で洗うのが無理なものは、ティッシュペーパーを折りたたんで濡らして、雑巾がわりに拭きました。

自分のやっていることが馬鹿馬鹿しくて時間の浪費にすぎない、と分かっていました。分かっていてもやめられないのです。こんなことしているところを人が見たら、あきれて気が狂っていると思われるだろうと思っていました。こんな風ですから、だんだんアパートの部屋に友人に遊びに来てもらうこともできなくなりました。来たいと言われても、都合が悪いふりをするのです。

生活の質が落ちているし、こんなことでは自分がダメになってしまうと分かっていました。でも、私は強迫性障害という病気があることを知らず、それどころか、よもや自分が病気だなんて想像もできなかったのです。精神科の病気であることを認めたくないのではなく、本当に思いもよらなかったのです。

私は作業にぐったりして、よく思いました。

「あーあ、これが病気だったらいいのに。もし病気だったら、お医者さんがいて、薬があって、楽になれるのに。でも、世の中そう甘くない、病気なんかじゃないんだ、自分が悪いんだ、自分でなんとかするしかないんだ。……でも、どうにもできない。あーあ、これが病気だったらいいのに。もし病気だったら、お医者さんがいて、薬があって、治してもらえて楽になれるのに。でも世の中そんなに甘くない。結局自分が悪いんだ。自分でなんとかするしかないんだ――でも、どうにもできない」

と、この繰り返しでした。

私は外出から帰ると、部屋の入り口で、へたりこんで放心するようになりました。大変な作業であるお風呂の準備にも、なかなか取りかかる気力がありませんでした。

会社でも、電車の中でも駅のホームでも、とにかく外にいる限り、普通の人が気にすることはもちろん気にするし、更に普通の人が気にしないことまで気にしているのですから神経はくたくたなのです。そこへ、これからしなければならない「お風呂できれいになる」という作業の大変さを考えると、とてもさっさとは取りかかれません。しかし、お風呂に入らなければ、部屋の奥に入ってくつろいでテレビを観たり本を読んだり日記を書いたりという普通の生活ができません。もちろん寝ることも絶対できません。私は、だんだん、毎日外出するということ自体が、大変な精神的負担になっていったのです。

毎日の、お風呂に入る前の作業の最後は、流し台の掃除です。流し台専用のスポンジで泡ぶくぶくにして（地球よ、すみません！）流し台と調理台を洗います。外から持ちこんだ汚れを洗った場所だし、お風呂から上がっても使うところだからです。そして、流し台の下の棚の扉の部分も、使い捨て用の雑巾で拭きます。これで終わりです。もう、お風呂から出るまで、流し台に近づいてはいけません。

その前に、大事なことがありました。玄関の鍵のチェックです。何度も何度も手で触り、目で見て確認します。そして、一つひとつの作業の後に、いちいち手を洗うのですが、しっかり泡ぶくぶくにして洗った後、泡で真っ白の手を見て、「雪男の手」とつぶやくのです。手が石ケンで真っ白だったと、確認して安心するためです。

お風呂の作業は、大体二時間かかるようになっていました。まず、両腕を洗い、次に頭、耳、顔、首から下へと順に洗っていきます。この当時、頭を何回洗っていたかとか、細かいことを思い出すことができません。しかし、私は耳と首、胸が、特に「汚れているのではないか」と気になり、その部所の皮膚も弱いのかもしれませんが、こすりすぎて痛くなるまで、こすっていました。そして、シャワーを浴びながら、ここでもたびたび放心しました。


洗濯は週末にしていました。二十代も後半になると、病気のせいもあるのでしょうが、体力的にも若い頃のようなわけにいかず、土曜日に外出して遊んで、日曜日は、一日家にいて、洗濯や掃除をしながら、身体を休めるようにしていました。

この洗濯が、だんだんと深刻になっていきました。二槽式を使っていましたが、洗剤をたっぷり入れ、ぐるりと思いきりハンドルを回します。繊細な下着などでも、ネットに入れてはいますが、半周以上回してしまうのです。一周回すこともあったと思います。それからすすぎを何回繰り返しても、泡が気になって納得できません。若い頃には、午前中に洗濯を済ませて昼から外出したりしていたのですが、この頃には、自分一人分の洗濯を終わらせるのに、まる一日かかってしまうようになりました。

お風呂といい、洗濯といい、作業中の手洗いといい、私は明らかに水と石ケンの使いすぎで（地球よ、ごめんなさい！）一人暮らしだというのに、二カ月の上下水道代が三万円を超える時もありました。

姉から「背負い水」という話を聞かされて、人間は一生のうちに使っていい水の量が決まっているのだ、私のやっていることは明らかに地球のために悪い、その次に身体にも悪い、と言われても、どうすることもできませんでした。

❖——電車の中

家の外にいる時は、いつも気を張っていました。駅構内やホーム、電車の中、道を歩いている時など、人が大勢いるところでは、身のまわり三六〇度、全部気にしています。何を気にしているのかといいますと、身なりの汚れた人や、お掃除の人が近づいてくるのを心配しているのです。接触されて、汚れを移されるのが恐ろしいのです。

強迫性障害になる前は、バッグの中に必ず文庫本を入れてあって、ホームや電車の中などでずっと読んでいました。でも強迫性障害になってからは、本が汚れてしまうから戸外で読めないと思うようになりました。更に、本を読んでいる時に、身なりの汚い人や、お掃除の人にぶつかられたり、接触されてしまったら困ると思い、三六〇度気にしてキョロキョロしていなければならなくなったのです。いつでも逃げる用意です。

身なりの汚い人というのは、ホームレスのような人のこともありますが、作業着を着ている人のことも入ります。お掃除の人同様、働いている人に対して失礼だと思いますが、お掃除の人や作業着の人から汚れを移されるのが、怖くてたまらないのです。

それから、地面に何度も置いたような荷物も苦手でした。ある時、明らかに地べたに置いたと思われる汚れやゴミのついているリュックが、目の前で肩にかけられていました。すし詰め状態の電車の中で、すぐ目の前で、背の高い高校生が肩にかけていたリュックの底に、汚れやゴミがたくさんついていたのです。ミノムシみたいに揺れているゴミが、私の顔のすぐ前にあり、息をしただけで、鼻に吸い込んでしまいそうでした。ゴミに顔がつかないようにし、必死で顔をそむけていたら、他の高校生に、「ジジイみたいな女」と言われてしまいました。

電車の中や駅のホームで、とても不快だったのは、中年男性たちの新聞のまわし読みでした。ホームのゴミ箱から新聞や雑誌を拾っている男性はよく見かけます。一度ゴミ箱に入っていたのだから汚い、と私は思います。その拾った新聞や雑誌を、混んだ車内でくっつけられるのが嫌でたまりませんでした。

ある時は、明らかにゴミ箱から拾ってきたしわくちゃの新聞を、中年男性が私の目の前で広げました。すると折り目のところに入っていた小さなゴミ（ガムの包み紙など）が、パラパラと私の手の上に落ちました。私は予期せぬ出来事に大変なショックを受けました。私は、ただ男性だというだけで警戒するようになりました。男性が広げている新聞は、どんなに汚いものか分からないと思い、できる限り、そばへ寄らないようにしました。でも、混んだ車内では、汚らしい新聞から逃げたくても逃げられないのが現実です。人混みに押されてしまうので、自分の思い通りに場所は選べません。

私は混んだ車内で新聞を読んでいる男性を憎み、にらみつけるようになりました。ある時は、私の前に座った男性がくしゃくしゃの新聞を広げていて、私は嫌でも背中を押されて押しつけられてしまうので、その中年男性をずっとにらみ続けていました。相手はそれが分かって、降りる時、立ち上がりざま、わざと新聞を私に押しつけたので、私はとても尋常ではいられず、叫んでしまいました。何と叫んだかは覚えていません。

電車の座席には、ほとんど座りませんでした。とても身なりの汚れた人が、座っているのを見たことが何度もあるからです。

その頃は、ミニスカートが流行で、お店には、膝上スカートか、くるぶしまである長いスカートか、どちらかしかありませんでした。引きずるようなスカートは、裾が汚れやすいし、駅の階段などで不便なので、好きではありませんでした。機能性を考えて、ミニスカートをはくしかありませんでした。すると立って歩いている時はいいのですが、座った時が嫌でした。太ももが丸出しになってしまうからです。太ももの裏側がむき出し状態で、椅子にぴったり密着する感じが、ストッキングをはいていても、嫌でなりませんでした。清潔でない洋式トイレに座った後のような気持ち悪さでした。ですから、なるべく電車の中では立っていましたが、ドア付近にいるともみくちゃにされるので、座席の前に立つようにしていました。吊り革は気持ち悪くて触れませんでした。だからいつも、仁王立ちのようにふんばっていなければなりませんでした。私は、足を組んでいない人の前に立つようにしていました。足を組んでいる人の靴に接触されるのが怖いからです。混んだ車内でも、足を組む人はたくさんいます。足を組んでいない人の前に立っていても、いつ、足を組まれるかと、ビクビクしているのです。女性のロングスカートが、座って足を組んでいる男の靴の上をなでていったのを何回も見たことがあります。女性は気づいていませんでしたが、私は、女性のスカートが自分の靴で汚れるのをじっと見ていて、それでも足をひっこめようとしなかったその男を憎みました。こんな図々しくて無神経な男はいなくなればいいと思っていました。

ある時、友人と一緒に夜遅く山手線に乗って発車を待っていると、隣の車輌から、ホームレスの人が入ってきました。その時、ちょうどドアが閉まろうとしているところでした。私は閉まる寸前のドアから飛び降りてしまいました。降りなかった友人によると、車内の人たちが「危ないなァ」と言っていたそうです。私も思い出すとヒヤッとします。でも、あんな狭い空間で、もし近寄ってこられたらどうしようと、その方が私には怖かったのです。

❖——異性嫌い

強迫性障害の不潔恐怖の女性にみられる症状として、男性が嫌いというのがあるそうですが、私もその一人です。そのことについて書きますが、これは決して、男性の存在を侮辱する意図なのではありません。あくまで、私の症状について説明したいだけなのです。

私は若い頃、男嫌いだと言われると、よく否定していました。映画や小説の登場人物や俳優などは、男の人を好きになることがたくさんあったからです。だから、男嫌いの自覚がなかったのです。現実生活では、男の人を好きになることはほとんどなく、ちょっといいかなと思ってデートに応じても、一回で嫌になってしまうのです。でも、それはまだ、自分が本当に好きな人に出会っていないだけだと思っていたのです。だから、飲み会などで男性が隣にくるくらいは平気でした。

ところが、強迫性障害の症状が出てきてからは、男性が少しでも身体の触れ合うところにいるだけで、嫌でたまりませんでした。俳優などは、きれいな男の人が好きなのに、私は生《なま》の男性がダメだったのです。

現実には、俳優のようにきれいで清潔感のある男の人には、滅多やたらにはお目にかかれません。私にとって、生の男性は皆、汚らしいものでした。

私は映画館によく出掛けましたが、「隣の席に男性が座りませんように」と、いつも祈っていました。でも大抵この願いは叶いませんでした。両隣が空席か、女性であればいいと願っているのですが、人口の半分は男性ですから、男性がきてしまうことも、多かったのです。そうなると、不愉快この上ないのです。男性は身体が大きいので、椅子の中にちゃんと収まらないことが多々あります。椅子の部分と、椅子の前の空間（椅子の幅分）がその人の領域だと、私は思っていますが、男性はよくこの領域を侵犯するのです。男性は肘掛けに肘を掛けることが多く、そうするといくらこちらがお行儀よくしていても、腕が接触してしまいます。こちらがぎゅっと身体を縮こまらせていれば、なんとか触れ合わなくても済みますが、それでは疲れて二時間もちません。一番嫌なのは足でした。男性は、膝を開いて座ります。仕方ありませんが、必要以上に開く人が多いと思います。そうすると、こちらが膝を揃えて真っすぐに座っていても、領域侵犯をしてきた隣の男性の膝がこちらの膝に当たってしまうことがよくありました。私はそれが、気持ち悪くてたまりませんでした。触れないように足を縮こまらせていると、無理な姿勢になるので疲れて長持ちしないのです。

もっと嫌なのが足を組む男性です。女性と違って男性が足を組むと、当然その人の領域から足がはみ出します。一番不愉快なのは、組む方の足を、もう片方の足の膝の上に、床に水平に乗せてしまう人です。その人の靴の裏が、私の膝のところまできてしまうのです。

不潔恐怖の私にとって、靴の裏は最も汚いものの一つです。どこで何を踏んだか分からないからです。

どちらの場合も、私が、揃えた自分の両膝を男性のいる方とは反対側に、意識的によけなければ我慢なりません。でも、その姿勢はあまりにも窮屈で身体が痛くなり、五分ともちません。だからこういう状況の時は、映画に集中できません。生身の男性が好きでない私は、そうした男性を憎みました。上映時間直前、暗くなって予告編が始まって、ホッとしかけた瞬間、入ってきた男性が隣に座ってしまうこともよくありました。その時になってからでは、もう、こちらは他の席に移ることもできません。私は場内が暗くなってから席を移動することが苦手だったのです。椅子が汚れたりしていないか、確かめることができませんから。

❖──クリーニング屋さんめぐり

強迫性障害で苦しむようになる前は、気にもしてなかったことなのですが、ある日突然、気がついて、気になってしまうと、どうしようもなくなることがたくさんあります。たとえば、クリーニング屋さんです。これについては、きっかけを覚えています。

私が、仕上がった洋服を受け取りに行くと、クリーニング屋さんが、店内が狭かったためでしょうが、山積みにされた汚れ物の上に、仕上がった私の服を置いてしまったのです。当たり前のようにしているのを見て、アパートに一番近かったそのお店には、季節の終わりでしまうようなものは、持っていけなくなりました。

また、別のクリーニング屋さんでは、私が受け取りに行った時、汚れ物の名札つけをしていました。その手で、仕上がったものを渡されたのです。考えてみれば、クリーニング屋さんは、どんな手で品物を扱っているか分かりません。汚れ物を扱った手で、クリーニングし終わったものを扱うなんて、きっと当たり前でしょう。私じゃないんですから。でも、ドライクリーニングのマークのついたものを、自分で洗う勇気はありませんでした。洗濯機でガラガラ洗ってはいけないのですから、押し洗いで本当にきれいになるのか、自信がないので、結局、プロにまかせるより他ありませんでした。

でも通い慣れたクリーニング屋さんが、実は下手で、大切な服を縮められてしまった時、上手なクリーニング屋さんを探さなければなりませんでした。あるクリーニング屋さんを試したら、とても汚いボロボロの紙袋に品物が入れられていました。おそらく、お客さんが汚れ物を入れてきて、そのまま置いていった袋と思われました。いくら、衣類がビニール袋に入っているとはいえ、気持ち悪すぎます。どんな人がどんな汚れ物を入れたか分からないからです。そのクリーニング屋さんへは、二度と行きませんでした。

「どの道、クリーニング屋さんはきれいな所ではない。考えてみれば、汚れ物を引き取った後、机を拭いているクリーニング屋さんは見たことがない。手も洗っていない。どの道、中身も自分で洗濯したほどきれいなわけではないし、かかっているビニールも汚れ物と一緒くたのようなものだ」。それで私は、季節の終わりには、衣類にビニールをかけたまま、そのビニールの表面を拭いて、しまうようになりました。

ある時は、私が引き取りに行くと、カウンターで汚れ物に名札をつけていた店員さんが、その汚れ物を脇へ寄せて、私の仕上がった衣類を出してきました。その時、それが机の脇にあった汚れ物と接触しました。いくらビニール袋に入っているとはいえ、私には許せないことでした。私のこわばった表情を見て、店員さんは不思議そうでした。

またある時は、私が仕上がったものをもらっている時に、後ろから、男が汚らしい毛布を順番を待たずにカウンターの上に置いていきました。その時も、私はその見知らぬ男を激しく憎んだものです。

今、こうして書いていても、人を嫌ったり憎んだことばかり書いていて、自分が情けなくてたまりません。でも不潔恐怖がそうさせていたのだと、説明するしかありません。

❖——身なりの汚れた異性への怒り

新宿駅の東口の改札を通ろうとした時です。そこは改札が二つありましたが、その時一方はまだ駅員さんが手で受け取っていました。私はなんとなく、自動改札の方が人の手に触れなくていいかな、と思い、もう一つの改札の方へ行きました。しばらく前から、私の目の前を、とても身なりの汚れた男が歩いていました。私は、その男をやり過ごしてからの方が安心だと思い、歩く速度をゆるめました。男がずっと先へ行ってしまってから、私は自動改札の方へ歩いてゆきました。するとさっきの男が、改札よりだいぶ離れたところで、思案げに立っていました。私はその男と距離があるので、気にせず自動改札を通ろうとしましたが、カバンのポケットに入れたはずの切符が見つからず、まごついてしまいました。やっと見つけて改札を通った時、誰かに後ろにピタリとくっつかれたのです。その人物は私と一緒に自動改札を通ると、私を追い抜いて去ってゆきました。私はその後ろ姿を見てゾッとしました。あの身なりの汚らしい男だったのです。その男が思案げにしていた理由が分かりました。切符を持っていないので、誰かの後ろにくっついて一緒に改札を抜けようと考えて獲物を探していたのです。改札の前で立ち止まってまごまごしていた私は恰好の獲物だったのです。

私は、切符も買わないような人物（もしかしたら買うお金がなかったのかもしれませんが、それだったら歩けばいいのです）、しかも、この世で自分が最も嫌悪する身なりの汚れた男に、後ろにピタリとくっつかれた気持ち悪さで、気が狂いそうでした。後ろの首筋のあたりが、気持ち悪くて気持ち悪くて仕方ありませんでした。視線で人が殺せるなら、にらみつけて殺したいと思うほど、その男を憎みました。

普通の人は、一瞬嫌だなと思っても、すぐ気分を変えたり、忘れたりできますが、私は気分を変えられないばかりか、全神経がその気分に支配され、ずっと引きずってしまいます。脳裏に焼きついて、汚らわしくて気持ちが悪くてたまらないのです。それが、お風呂でゴシゴシ洗うまで続きます。

東京では、こういうことが日常的に起きるので、私は辛くなる一方だったのです。

❖――怖くて気持ちの悪い痴漢

ある晩、深夜の二時頃、お風呂場で電気をつけずに歯を磨いていると、外の街灯の灯りで、窓にくっきりと、人の頭が通りすぎる影が映りました。私はギョッとしました。私の部屋は二階の一番奥なので、私の部屋の前を通る通行人はいないはずです。ビクビクして息をこらしていると、カチャッとかすかな音がして、それからその影は引き返していきました。私は、よく夜中に聞こえていたカチャッという音は、これだったのかと思うと、ぞっとしました。玄関のドアノブを回す音だったのです。部屋の電気は煌々《こうこう》とついているのだし、その人物の目的は何だったのかと考えると、恐ろしくなりました。お風呂場の窓はブラインドだったので、下から何番目の線まで身長があった、とはっきり分かりました。

翌朝、会社へ行く前に外から確認すると、その背の高さは明らかに男性だと分かりました。影はパンチパーマのような形でした。

また、ある時、会社から帰って、部屋の入り口にへたりこんでいると、突然、ドアの外で男の声がしました。ドアには通気口があるし、風向き次第で、声が聞こえる時は、とてもよく聞こえるのです。男は二人連れのようでした。一人の男が、「ここに女が住んでる」と、とても気色悪い声で言ったのです。私は凍りついてしまいました。もう一人の男が、表札の名前を呼びながら、ドンドンと戸をたたきました。電気がついているので、「おかしいな、いないのかな」と言って、ドアノブをガチャガチャ回したのです。私はしばらく凍りついたままでした。この二人も、何が目的だったのでしょう。

それで私は、自分以外の人間もドアノブに触るんだ、と思いしらされました。それまでは、そんなことは考えてもみなかったのです。しかも、人の家のドアを勝手に開けようとするのですから、まともな人間のすることではありません。私は気持ちが悪くなり、それからは、休日の外出の時などに、ティッシュを濡らして、ドアノブを拭くようになりました。

こういう出来事の後、外出時だけでなく、家にいる時も、それまで以上に、ドアの鍵の確認をしつこくするようになりました。それまでも、家に帰ったら、その時点で必ず鍵をかけていたし、お風呂に入る前と、出た後にも、一応確認はしていました。しかし、それ以上に気になるようになりました。玄関からは、どんな恐ろしいものが入ってくるか分からない、と思うようになりました。時には、何十分も、ドアの前にしゃがんで、鍵のかかっているのを見ていました。もう、きりがないから、やめようと目を離すと、またすぐに気になって見てしまうのです。

女の人なら、このような体験をすることはめずらしくないでしょうが、私は他の人のように、「気をつけるけれど気にしすぎない」ということができなかったのです。

❖――外で遭った痴漢

一番気持ち悪かった痴漢のことを書くのは勇気がいります。書くのも気持ちが悪いからです。でも、そういうことを書かないと、この手記が成立しません。

その男は、露出狂でした。最初は、電車の中で遠くから私の方を見ているだけでした。その頃働いていた会社が、新宿からラッシュと反対方向にあったので、車内は比較的すいていました。それで、目線に気づいたのです。いつも、こちらを見ているので気持ち悪いと思いました。

ある日、休日に、中央線で新宿に向かっている時、私はドアの脇に寄りかかっていました（その頃はまだ強迫性障害ではなく、寄りかかることができたのです）。ふと気がつくと、例の男がすぐ私の目の前に立っていたのです。そして、下の方に目くばせをするのです。私が見下ろすと、男は気持ちの悪い〇〇を手の平にのせていました。私は気持ち悪さと怒りで声も出せませんでした。子供の頃にも露出狂に遭ったことがありますが、こんな間近では初めてでした。私は激しい怒りに燃えていましたが、どうすることもできませんでした。男を、突き飛ばすか何かして、周囲の人に気づいてほしいと思いましたが、そんな気色悪い男に触るのが嫌でした。靴で蹴とばしたいと思いましたが、靴底を通して気持ち悪いものが伝染してきそうで、それもできませんでした。接触したくなかったのです。後で、そういう時には笑ってやればいいんだと知りましたが、その時はとにかくにらみつけることしかできませんでした。その男は、数年間にわたって私の前に現れました。その男の顔が焼きついていて、見かけただけで自分まで汚れたような気がするのです。

ある時、写真展に行った帰りでした。私はとても気に入ったポスターがあり、買ってきましたが、紙袋からはみ出してしまっていて、すでに強迫性障害だった私は、汚れないよう気を遣っていました。ドアの脇で電車の発車を待っていると、その男が目の前を横切ったのです。あれから何年も経っているのに、自分は二度も引越しをしているのに、同じ沿線に住んでいるなんて、とてもショックでした。向こうは私に気づきませんでしたが、私はポスターが汚れてしまった気がして、本当に気に入っていたのに、捨ててしまいました。

誰でもそうでしょうが、私にとって痴漢とは、この世で最も嫌悪するものの一つです。

私は運がいいのか悪いのか、他に遭った痴漢も、私に危害を加えるということはなく、やり逃げでした。ある時は、後ろからぎゅっと抱きしめられ、数秒すると去ってゆきました。私は痴漢に遭うと、いつも、硬直してしまいます。声も出ません。いつも、その瞬間は痴漢に遭ったことを認めたくなくて、「何かの間違いだ、偶然友だちが私を見つけてふざけたんだ」などと、他の可能性をさぐります。でも、どう考えても痴漢なのです。ある時は、アパートの近くで、後ろで聞こえていたバイクの音が止んだな、と思った瞬間、お尻を思いきりつかまれました。私は硬直して凍りついたまま、立ち去るバイクを呆然と見送っていました。バイクのナンバーを見る余裕もありませんでした。いい映画を観て、いい気分だったのに、台無しでした。私は痴漢に遭うと、家に帰るなり服を全部脱いでクリーニングに出します。そしてお風呂で、触られた部分をゴシゴシこすって洗うのです。

痴漢じゃなくても、男に少しでも触られると嫌でした。ある時、私は東京文化会館でバレエを観るために、山手線に乗っていました。汚れた作業服を着た男が、こちらの方を向いて、「おい、こっちに来いよ、オレのそばに来いよ」と大声で呼んでいました。誰のことを呼んでいるのか分かりませんでしたが、電車の中でそんな大声を出す人はちょっと普通じゃないので怖くて隣の車輌へ移りました。それで安心していると、背中を突然つかれたのです。振り向くと、なんとさっきの男でした。私のことを呼んでいたのです。「おい、オレと遊ぼうよ」と男は言いました。私は、触られた嫌悪感で激しく男をにらみつけました。男は困ったような顔をして電車を降りてゆきました。

私は背中をつかれた感触が残っているので、気色悪くて、バレエを観るどころじゃありませんでした。全然集中できず、家に帰るとすぐ服をクリーニングに出して、お風呂で必死に背中を洗いました。

❖――汚い東京を象徴するような出来事

私は東京に住んでいたうちの約七年間、西武新宿線の沿線に住んでいました。するとどこへ行くにも、高田馬場駅で乗り換え、山手線に乗らなくてはならないことがほとんどでした。

私は、この高田馬場駅と、山手線が、とても苦手でした。山手線は、時々ホームレスの人が乗っていることがあったので、乗るのが恐ろしかったのです。高田馬場駅は、ホームレスの人や、身なりのよくない汚れた感じの男性が多く見かけられ、やはり怖い場所でした。毎日、乗り換えの時は、大緊張していたものです。

これから、私にとって、とても勇気のいることを書きます。強迫性障害の人の中に見られる症状なのですが、この私も、最も恐れているものや、嫌悪しているものについては、書いたり口にしたりするだけで怖くて、自分が汚れてしまいそうで、勇気をふりしぼらなくてはならないのです。先ほどの痴漢の話の時もそうだったのです。

ある日の会社帰りの夕方、ラッシュで一番高田馬場駅のホームが混雑している時でした。東西線から乗り換えで西武新宿線のホームにきた私は、改札口より遠い方が少しでも人が少ないので、そこまで歩こうとしていました。ホームの中程には、山手線から乗り換える人が使う跨線橋の階段があります。階段の脇は当然狭くなっています。そこを、通勤客がホームからこぼれそうにぎっしりと、次から次へと通りぬけていきます。私もそこを通りました。その直後、跨線橋の真下にあたるところで私は信じられない光景を目にし、そのまま凍りついてしまいました。私にとっては汚く感じる、あまり身なりのよくない男が、ホームの上に、おびただしい小用を足していたのです。ホームから線路へ、ではなく、ホームのアスファルトの上に、していたのです。ですから当然、はねが飛びます。お酒でも飲んでいたのでしょう、勢いよく、大量でした。私はその飛沫が自分の足や靴やスカートにかかるのを恐れ、前へ進めなくなりました。引き返そうにも、階段脇の狭いところを、ぎっしりと後から後からどんどん人が来るのですから引き返せません。ホームの反対側に逃げるしか方法がありませんでした。ホームの反対側には、急行が来るらしく、跨線橋の真下は、急行待ちで並んでいる人でいっぱいでした。私はその人たちの間を通してもらおうと、「ちょっと、すみません」と言って分け入ろうとしました。すると、最後尾にいた若い男が、私が割り込みをすると思ったらしく、背中で邪魔をして通してくれません。小用を足している男は、まだ用が終わらず、そちらへ少しも近づくことのできない私は、急行待ちの列の最後尾の男に、「お願いです、通してください」と半泣きになって頼みました。でもその男は、意地でも私を通すまいと、右へ左へ背中を移動させて、どうしても通してくれないのです（なんという心の狭さでしょう！）。私はどこへも逃げることができず、タンスの中のリリアン・ギッシュ状態（これは映画通でないと分からない表現ですね、失礼）、とにかく逃げ場のない狭い空間を、恐怖におびえてグルグル回転していたのです。あちらへも行けない、こちらへも行けない、というように。しかもすぐ近くに、最も不潔で恐ろしいことが展開しているのですから、本当に泣きそうでした。とても長い時間に感じられました。

そのうち、ホームのこちら側にも電車が入ってきて、男の○○物（やっぱり書けない！）は、電車のドアや胴体にも飛沫がかかっていました。やっと用が済んで、男はこちらへ向かってきました。私はそんなおぞましい人に接触されるのが嫌で、逃げるところはないし、気が狂いそうになりました。その男は、ちょうど入ってきた急行に乗っていきました。私はやっと、すいたホームの反対側を通ることができました。

それ以来、私は跨線橋の下は通ることができなくなりました。何日経とうと、例の場所を歩くことさえ気持ち悪くて恐ろしくてできなかったのです。だから、わざわざ階段を上って、下りる、という方法で移動していました。

私がこの話をすると、誰でも、自分でも嫌だ、耐えられない、という反応を示します。読者の皆さんもそうでしょう。しかし、現実には、ほとんどの人が、案外平気なのです。この出来事の時も、パニックに陥っている人間は、私一人でした。あんなに大勢の人が、一人も立ち止まったりよけたりすることもなく、どんどんそのそばを通りすぎていきました。中には不快に思った人もいたでしょうが、それで済むのです。そのくらいでないと、東京のような大都会では生きていけません。人が多いということは、それだけ汚れも多いということですから。それに耐えられない人は、私のように強迫性障害の患者なのです。私は、高田馬場駅のホームを歩くだけで、「転んではいけない」と異常に緊張しました。私にとって、とても汚い場所だからです。汚いものとあまりにも地続きだからです。また、電車の車輌も、時々洗車しているとは聞いていますが、あまり車輌に近づきすぎて、胴体やドアに、スカートの裾などが、触れてはいけない、と気をつけていました。あの出来事のインパクトが、あまりにも強すぎたのでした。

❖——最も情けなかったこと

いつまでも、思い出して悔やんでいることがあります。その頃、私は地面に落とした物を拾うこともできなくなっていました。また、他人の身体に触れたりすることもできなくなっていました。

朝の通勤時、アパートから駅まで歩いていく間に、時々見かけるおじいさんがいました。杖をついて、見るからに麻痺のある身体で、リハビリのための散歩をしている様子でした。

おじいさんが私の前をヨッコラヨッコラ歩いている時、急に横道から車が出てきました。驚いたおじいさんは、バランスを崩して地面にひっくり返ってしまいました。おじいさんは、必死でなんとか一人で立ち上がりましたが、その時間の、なんと長く感じられたことか。私の目の前で起こった出来事なのです。私は、おじいさんに手を貸さなくては、と思いながら、どうしてもそれを実践することはできませんでした。私は地面に落ちた物も拾えず、他人の身体に触ることもできなかったからです。だから、地面に倒れたおじいさんを助け起こすことがどうしてもできなかったのです。私は困って、おじいさんが立ち上がるのをただ棒立ちで見ていました。車の中にいた人も、降りてこようとはせず、ただ見ていました。おじいさんは、ケガはしなかったと思いますが、気持ちが良くなかったでしょう。一人で立ち上がるのもリハビリでしょうが、そういう問題ではありませんでした。すぐ近くに、三人もの人間がいたのです。私と、車の中の二人です。誰も手をさしのべようとはしませんでした。思いやりのない他人の環視の中で、おじいさんは惨めな思いをしたと思います。立ち上がろうという必死の努力の後で、心の寒くなるのを感じたことでしょう。困っている人、身体の不自由な人を助けなかった私も、後悔がいつまでも胸に残りました。

また、ある時は、私は銀座の舗道を歩いていました。すると、望遠レンズのついたカメラを持ったおじいさんが近づいてきて、シャッターを押してほしいというのです。でも私は、見知らぬ人がどんな汚れのついた手で触ったか分からないカメラに触ることができませんでした。また、カメラのシャッターを押すためには、ファインダーをのぞかなければなりません。見知らぬ人のカメラに、まつ毛が触れるくらい顔を近づけなければならないのです。私はおびえたようになって、手でできないという合図をして遠ざかりました。おじいさんは、誰に声をかけたらいいか分からない様子で、ウロウロしながら、いつまでも私の方を見ていました。銀座の風景を背に、記念写真を撮りたかったのでしょう。

それから数日経ってから、妙案を思いつきました。私が、他の通行人に声をかけて頼んであげればよかったのです。「あのおじいさんのカメラのシャッターを押してあげてください」とひと言言えば良かったのです。今更考えていても仕方のないことですが、今でも、おじいさんに悪いことをしたと思っています。

❖——もったいなかったこと

ある時、私は渋谷の歩行者天国で、今まで聴いたことがない、美しい音楽を耳にしました。どこか遠い国から来たような、外国人たちが演奏していました。あまりの音の美しさに、三差路には人々の大きな輪ができていました。

その数人の演奏者たちは、黒い髪に黒い髭をたくわえた男の人たちで、チェロのケースを路上に置いて、自分たちのＣＤを売っていました。私はすぐ、そのＣＤを欲しいと思いましたが、私は、道端で売っているものは、商品や商品を持つ相手の手が汚れている気がして、買い求めることができなかったのです。渋谷の人混みも苦手でしたので、そのまま通り過ぎてしまいました。長く足を止めている余裕も私にはなかったのです。渋谷の人混みで足を止めたりしたら、ろくなことはありませんから。

本当に美しい音楽でした。私には、何か政治的な理由で国内で食べていけない芸術家たちが、自分たちの国の音楽を、外国の路上で演奏し、ＣＤを売って、外貨を稼いでいたのだと思えます。私にも、そういう人たちを救ってあげたい気持ちはあります。大きな輪を作ったまま動かない人ごみの中に、「買ってください」というようにCDをさし出す男の人。彼に向かって歩き出す人はいたのでしょうか。

私はとても買いたかったのです、そのCDを。美しい音楽を奏でる、おそらく貧しい異国の芸術家たちやその家族のために。そして何より自分自身のために。

どこかの民族音楽を想わせるその美しい調べは、渋谷の繁華街の濁った空気を清めていくようでした。

今でも時々、思い出して残念に思います。一生のうちに、何も知らずに耳にした何かも分からない音楽に、あれほど胸打たれることは、そう何回もないでしょうに。一期一会といいますが、私はそんな音楽を、永遠に失ってしまったのです。強迫性障害という病気のために。

三　職を転々とする私

❖――出版社を辞めて無職生活に

出版社を辞める時、ある人が、「あんまり潔癖だと、生きていくのが辛いよ」と助言してくれました。その人は、私がおかしいと、気づいていたのでしょう。でも私は、本当に何のことを言われているのか分かりませんでした。退職する最後の日、私は上機嫌でした。一時的にせよ、これでもう目の前の苦しみから解放されるからです。

翌日からは、アパートの部屋にこもりきりでした。週に二日ほど、映画や芝居を観るために外出し、その時ついでに食料品の買い出しをするのです。食料品を買うためだけの理由で、わざわざ外出することはありませんでした。お腹がすいても、じっと我慢するしかありませんでした。外に出ることが嫌でたまらず、もう二度と働きたくない、という気持ちになりました。もともとは、会社で働くこと、仕事することそのものは全然嫌いではなかったはずなのに、ずっとこのまま部屋の中にいたい、きれいな劇場に行く時だけ、きれいな服装をして出掛けたい、それ以外の外出は真っ平だと思うようになりました。

出版社で働いていた時、不潔恐怖のために、自分で自分の居心地を悪くしてしまったことが、人間関係への恐怖心にもつながっていたのだと思います。買い物をするために店員さんと口をきくことさえ、恐ろしくなっていたのです。また、いずれ毎日外出して働かなければならないのか、と思うと、それを考えただけで涙が出てきました。もう二度と働きたくない、人とかかわるのも嫌だし、何より外に出たくない、と思うようになった私は、生まれて初めて宝くじを買いました。

失業保険をもらうために、月に一度、ハローワークへ行くことも苦痛でした。ハローワークの場所が、私にとって汚く思える場所だったし、身なりのよくない男の人たちが、たくさんいる場所へ行くのがたまらなく嫌だったのです。自分にとって楽しみである劇場へ行くのと同じ日に、ついでに寄るという気は到底しませんから、ハローワークへ行く時は、出版社で働いていた時と同じ服装、同じバッグ、同じ靴で出掛け、すぐ帰ってお風呂に入りました。そうやって、貯金を食いつぶしながら、私は再就職を先へ先へと延ばしていました。

❖――十五分間のコンビニのアルバイト

だんだん貯金もなくなってきますし、宝くじも当たりません。田舎へ帰る決心もつかず、仕方なく職探しを始めました。しかし外出するのも嫌な人間が、仕事を探すのに一生懸命になれるはずもありません。私は何年もスーツを着る機会がなかったので、就職面接用のスーツもありません。学生時代のリクルートスーツは、もうサイズが合わないし、買う意欲もなかったので、地味なワンピースなどで済ませていました。意欲のなさは面接官にも伝わるのでしょう。良い返事をもらえないことが面接中に感じ取れてしまいました。私も本気で働きたいと思っていないので、ビルが汚いだけで、面接せずに帰ってきてしまうこともありました。

ある会社では、入り口を入ると、足元に、スリッパがたくさん脱いでありました。上履きに履き替える会社なら、社内で仕事中に書類など床に落としてしまった時などは気が楽です。しかし、この脱ぎっ放しのおびただしいスリッパ、誰が片づけるんだろうと思いました。手の空いている人が片づけるのでしょうか、自分という人間が、これだけ脱ぎ散らかされたスリッパを、ただ一足たりとも、見て見ぬふりはできません。結局、毎日のように、他人の履いたスリッパを触って片づけることになるだろうと思いました。でも果たして今の自分に、そんな作業ができるだろうか……。でも、しなければ前の出版社にいた時と同じ状況、同じ精神状態に自分を追い込んでしまうことになります。しかし、他人の履いたスリッパを毎日触るなんて、気持ち悪くて汚らしくて、とてもできません。

その時、若い男性社員が出てきて「どうぞ」と私にスリッパを揃えてくれました。とっさに私は、「結構です、お断りします」と一礼してクルッときびすを返してしまいました。私には、他人の履いたスリッパを触ることが、とても耐え難いことに思えたからです。これが十年前なら、病院のスリッパなど、人が脱ぎ散らかした分まで片づけていた自分だったのに。

コンビニで働こうと思ったこともあります。一度やってみたいと思っていたのです。一人で暮らしていると、夜遅い帰り道に、照明の明るいコンビニに、蛾のように吸い寄せられることはよくありました。店内がきれいで当分食いつなぐにはいいかなと思えたのです。

家の近くのコンビニに、パートではなく、丸一日働きたいと電話をしました。

面接の時は、店からちょっと奥に入ったところで話をしたので、店の裏側はよく分かりませんでした。採用の電話があり、朝の九時少し前に出勤しました。面接の時に通った、レジの横から入ろうとすると、店の奥の扉から入るように言われました。その扉を開けて一歩入ると、私はギョッとしました。トイレに「故障中」の貼り紙があり、いかにも掃除用の深い流し台には、ホースが渦巻いて放置されていました。初めて見るコンビニの舞台裏でした。ドキドキしながら店長のところへ行くと、彼はロッカーを開けて、小さくまった赤い布の塊を私にさし出しました。それはエプロンでした。自分専用の洗濯されたエプロンを渡されると思いこんでいた私は、明らかに不特定多数の人間が使い回しているとみられるエプロンを、勇気を奮い起こして受け取りました。それを首にかけるのは、更に勇気が必要でした。紐は直接首に触らないように、衿の下に通しました。そしてそれを広げた私は、またしてもギョッとして固まってしまいました。一番汚れるお腹の部分が、真っ黒だったのです。もとの真っ赤な布地の色が全然分からないくらい真っ黒でした。黒いクレヨンを塗りたくったように、ペカペカ黒光りしていました。一体どのくらい洗わないで酷使すればここまでになるのだろうと思うくらい、汚れに厚みがありました。おそらく、数知れない男女が、何年もの間、一度も洗濯しないで、ここまで使いこんだのでしょう。まず店内を掃き掃除するように言われて、頭が混乱したまま、私は掃きました。「これは相当やばい、毎日こんなことできるだろうか、服は明日から何を着たらいいんだ、このエプロンを自分の洗濯機で洗うのは嫌だ、汚すぎる、でもこのまま毎日着用するなんて耐えられない、トイレは一つしかないから男女共用だろうが、故障中なら、店員は今どこで用を済ませているんだ、まさか駅前の公衆トイレだろうか、男が、このエプロンをしたまま公衆トイレに入っているんだろうか、あるいは、トイレを済ませた後、このエプロンをまた着用して……」

私の感情は、もう逃げることしか考えられませんでした。「掃き終わったら、モップで水拭きをして」と、先輩の女性に言われました。私は、舞台裏に引っ込むと、モップを見ました。生まれてから一度も、モップというものに触ったことはありませんでした。会社やデパートなどで、お掃除の人がモップを持っているのを見ると、よけて通っていました。お掃除用の水道の取っ手に触ることもためらわれました。そこをひねってホースで水を出し、モップがさし込んである四角いバケツのようなものの中で、モップをジャブジャブ洗い、ハンドルを足で踏んで、モップを絞るらしい、と見てとれましたが、私はモップの柄に触ることができず、手を柄に近づけたまましばらく固まっていました。これを触ってしまうと、何か取り返しのつかないことになるような気がしました。例えば昔の人が肥溜めに落っこちてしまった時のような、何か決定的な、恐ろしいことになってしまうような気がしました。

私は、エプロンをはずすと、店長に、「すみません、やっぱり辞めます」と言いました。「何してるの」時間がかかりすぎると思ったのか、先輩の女性が入ってきました。「辞めます」「店長に言った?」「はい」恥も外聞もありませんでした。他人から見たら、自分は相当おかしな人間だろうと思いました。でも、どうしてもできないことは、できないのです。時計を見ると、十五分しか経っていませんでした。当然ながら、出勤してから辞めるまでの最短記録でした。

お店というのは(お店にもよりますが)、お客さんの目に入るところだけがきれいなのだろうと思ったのは、ずっと後のことです。

コンビニからアパートまで帰る間、私の頭の中は「手をどうしよう」ということでいっぱいでした。手がものすごく汚れたと思ったからです。出版社に勤めていた時、退社する前に、必ず給湯室で石ケンで手を洗っていました。会社の帰りにデパートで買い物をする時、休日に外出して切符に触った後など、気になるとすぐデパートのトイレなどで手を洗っていました。洗面所に入るのにドアを開けなくてよい、しかも清潔なトイレは渋谷ならどこ、銀座ならどこ、と決めてあるのです。しかし、コンビニからアパートまで帰る途中の住宅街に、デパートのような都合のいい手洗い場所はありません。私は仕方なく、そのままの手で鍵を持ち、ノブを回して玄関を入りました。まず手を洗いました。それからティッシュをたたんで水で濡らして、玄関ドアのノブを拭きました。鍵も洗ったと思います。それからとにかく服を脱ぎ、ゴミ袋に入れました。こういう時、順番としては、服を脱ぎ、それを床に置いて、それから一度、手を洗います。手を洗う時は、その都度、いちいち石ケンで、丁寧に洗うのです。それからゴミ袋の口を広げます。その中に汚い捨てるもの（この場合は服）を入れます。もう一度、手を洗います。それからゴミ袋の口を結ぶのです。その後、もちろん床も拭くのです。そうやってその都度手を洗わないと、次から次へ、汚さが伝染してしまうからです。

私は、あの汚れきったコンビニのエプロンを着用してしまったために、もう、その時着ていた服を、洗って着るのも嫌になってしまいました。だから捨てることにしました。その時の私の頭の中にあったことは、早く、コンビニの汚れを全部捨て去りたい、きれいに戻りたい、ということだけでした。服を捨てると、今度は、腕時計を石ケンで泡ぶくぶくにして何度も洗いました。直接汚れが何かついているわけではないのですが、とにかく全部洗わないとダメだからです。この時計は、私の持っている唯一の腕時計だからはめて行ったのですが、祖父に買ってもらった大事な時計なので、絶対捨てるわけにはいかないのです。それから下着姿のまま、私は床を拭き掃除し、流し台も、流し台専用のスポンジで泡ぶくぶくにして洗い、すぐシャワーを浴びました。自分で決めた手順に従い、念入りに洗いました。まず腕を洗い、それから髪を二回洗い、耳、顔、それから身体を洗います。エプロンの紐は、シャツの衿の下に通したので、首へ直接かけなかったのに、首が気持ち悪くて、何度も何度もこすったために、皮膚がヒリヒリ痛みました。シャワーを終えて、私はやっと安心してひと息つきました。なんの役にも立たない意味のない労働、時間の浪費、無駄な一日だったのに、お風呂から上がると、私はただホッとしていたのです。

明日のことなど、ましてや将来のことなど、全く考えられませんでした。外にいる時は不潔恐怖にさいなまれ、家でお風呂から上がってホッとすることだけが、唯一の安らぎで、生きていたのです。

❖——販売員のアルバイト

私の無職生活も一年半になり、芝居や映画のチケットなどは全く節約していなかったので、少ない貯金も底をつきました。けれど、好きな芝居や映画を好きなだけ観られる東京を引き払う決心はつきませんでした。不況の折、何の専門技術も持たない私が再就職先を見つけるのは困難でした。ハローワークで探しても、事務では、とても初任給が低く、一人で家賃を払って生活していけるお給料のところはありません。やっと見つけて面接にこぎつけても、必ず聞かれるのが、前の会社を辞めた理由です。聞かれると分かっているのに、前もって答えを用意していくことができませんでした。どう説明すればいいか分からなかったのです。「不潔恐怖で徐々にストレスがたまり、上司への不満もあって、何かをきっかけに感情が爆発した」なんて、どうすれば分かってもらえるでしょう。私は自分が強迫性障害であることさえ知らなかったのです。しかも、一年半の無職生活は致命的でした。この間、何をしていたのか聞かれても、答えることができませんでした。ほとんどアパートの部屋に閉じこもっていたなんて、どう考えても変ですから。

私は目先を変えて、販売員の仕事を探してみました。何年も事務をやっていると、人と接して人に親切ができる仕事がしてみたくなるものです。得意分野なら文学ですが、書店というのは案外お給料が安くて生活できません。それで、そこにあった資料の中から、一番お給料とお休みの多い会社を選びました。経済的に、もうあとに引けない状態だったので、ついに、面接で嘘をつくことを思いつきました。前の会社を辞めた理由です。「田舎に帰るつもりで会社を辞めたが、田舎の方がもっと仕事がなく、東京が恋しくなって戻ってきた」と、言ってみたのです。面接官の人は決して優しくはありませんでしたが、受かってしまいそうな予感がありました。そして、それは的中しました。採用の人にだけ電話で連絡すると言われた時、私は電話が来ないように祈っていました。採用されなきゃ困るのに、採用されたくなかったのです。電話を受けた後、私はひどく落ちこみました。断言はできませんが、怠け癖がついていたというのとは違うと思います。私は、会社勤めをしていた時のことを思い出し、部屋の外の世界を思い浮かべ、また、あの緊張の日々、お風呂で二時間痛くなるまで肌をこする毎日が始まると思うと、想像しただけで気力が萎えてしまいました。毎日外出する、というだけで、自分にとってどんな大変な生活が始まるか、予想できました。アクセサリーや小物を売るお店なので、店内はきれいかもしれませんが、舞台裏は分かりません。ショッピングセンターの中にある店舗というのも想像がつかず、お掃除はどうやるんだろう、とか、トイレはきれいだろうか、とか、そんなことばかり考えていました。

私は不安でドキドキしながら、初出勤しました。ショッピングセンターは、建物は古く、華やかな店頭とは裏腹に、従業員用のトイレやロッカールームは古びていて、あまり清潔な感じがせず、使う気がしませんでした。私は初め、私服なのをいいことに、お客様用のトイレを使っていました。しかし、このセンターのお掃除の人に、なんとも気味の悪い人がいて、ただでさえお掃除の人は汚い気がして怖くて近づけないのに、余計に気持ち悪く感じてしまい、その人がお掃除したと思うと、そこのトイレも使えなくなってしまいました。私はまた、トイレを一日中一回も行かずに我慢してしまうようになりました。どうしても行きたい時は、歩いてすぐのところにあるデパートのトイレを利用しました。

私の勤務する店は、ショッピングセンターの端にあり、地下鉄を利用する人が通行するため、自分の店でシャッターを下ろさなければなりませんでした。早番の時は、自分が鍵を開けなくてはなりません。ホームレスの人も時々歩いている道路に近い通路に面したドアの鍵やシャッターの鍵を開け閉めする時がなんとも嫌でした。手が床に触れそうになるくらい、鍵は下部にあるからです。古いシャッターなので、手で押し上げなくてはなりません。そういう時、シャッターの下にまわり込まないといけないので、汚いものが降ってくるような気がして嫌でした。

その店では、アクセサリーの他、こまごまとした小物なども売っていました。新しく商品が入荷するたび、そのダンボールをたたんだり始末するのが、とても嫌でした。手がホコリで真っ黒になるからです。店内には水道はありません。私はいつも、手を洗いたくて仕方ありませんでした。そのために店内にウエットティッシュが置かれていましたが、何の役にも立ちませんでした。いくらウエットティッシュで拭いても、そのあとツメを立ててこすると、そのツメを立てたところが真っ黒になるのです。私は手を洗いたくて洗いたくてたまらず、「手を洗ってきていいですか?」と言っては、近くにあるデパートに手を洗いに行きました。

私は雑巾で店内の棚や商品のホコリを拭きましたが、ガラスの外側は、私にとっては外の壁と同じなので拭けませんでした。同僚の人がガラスの外側を拭き掃除したのを見ると、その同じ雑巾はもう触れませんでした。

私が最も恐れていたのはゴミ捨てでした。そのショッピングセンターでは、ゴミ捨ての時間が、午後三時と決められていました。その時間にゴミ箱を持ってゆくと、お掃除のおじさんが待っていて、大きなコンテナのようなものにゴミを捨てます。時間が決められているので混み合うし、ゴミ箱の中にぎっしりと詰めこんだ紙ゴミが、なかなかさらさらとは出てきません。それで少し手間取っていると、すぐに係のおじさんが、ゴミを直接触ってならしている軍手で、こちらのゴミ箱をひったくって、手を突っ込んだりしてしまいます。その時、乱暴なので、その真っ黒に汚れた軍手が、こちらの手に触れてしまうのです。そのコンテナに捨てられているゴミは、ショッピングセンターで出るゴミのすべてで、つまり、トイレの汚物入れの中身なども皆いっしょくたなのです。そのゴミを、その軍手で直接触ってるのですから、その真っ黒な軍手は、私にとっては、恐ろしい恐怖の対象なのです。私はだんだん、卑怯にもゴミ捨ての仕事から逃げるようになりました。おじさんの軍手が恐ろしくてたまらなかったのです。毎日、午後三時が気になって仕方ありませんでした。ゴミ箱はいっぱいだし、午後三時になってしまったし、行かなくちゃ、と思います。同僚の人は時間になったことに気づいていません。いつも私が気づいてしまうのです。気づいた以上、自分が行かなくてはいけないのに行けない、行けないでいると時間が過ぎ、「今日もゴミ捨てそびれちゃったね」ということになるのです。私はいつも、罪悪感でいっぱいでした。

ある時、同僚の人が、「あら、時計が落ちてる、事務所に届けてきて」と私に差し出し、思わず受け取ってしまいました。差し出されると受け取ってしまう習性があるのです。しかし、地面に落ちているものに触れない、拾えない私です。しかも、その時計は、ベルトがちぎれて、ものすごく古びていて、普通の人が落としたとは思えませんでした。おそらく、ホームレスの人が落としたのだろうと思い、私はまた、「手を洗ってきていいですか」と言って、デパートのトイレで、必死に手を洗いました。

また、ある時は、お掃除の若者が、仕事が終わったらしく、ガラス越しに、ショーウインドウのアクセサリーを、じっと見ていました。彼女にプレゼントするものを探していたのかもしれません。その時店には私一人しかいませんでした。「買うつもりかな」店員なら喜ぶべきです。「どうぞ、中でご覧になってください」と声をかけるべきです。でも私は、彼からお金を受け取るのが嫌で、どうか買わないで、中へ入ってこないで、と祈っていました。そしてカウンターの下へかくれてしまいました。悪い店員でした。私はいつもそんな調子で、仕事どころではありませんでした。本当に、悪い店員だったと思います。

お客様が、手に包帯をしていると、「あの手はトイレに行っても洗ってない」と思って不快だったり、男性のお客様がポケットからお金を出そうとしてゴミが出てきて、「あ、捨てといて」と言われると、そのゴミに触るのも嫌でした。

そんな風ですから、神経はズタボロです。家に帰って、放心する時間が長くなりました。お風呂の時間は、三時間に及ぶこともありました。こすっては放心、こすっては放心の繰り返しで、その間、シャワーは流しっ放しです。上下水道料金も、二カ月で軽く三万円は超え、私は、「もう、生きていけない」と感じていました。

❖――東京を引き払う決心

東京そのものが、私には耐えられないのだ、と思いました。私はだんだん、本気で、東京を引き払うことを考えるようになりました。東京を離れるまでの最後の半年間は、ほとんど眠ったという感じがしませんでした。私は四六時中、不安でいっぱいだったのです。朝出掛ける時、空の雲を見ると、天変地異が起こるのではないかと恐れました。真夏に空が真っ青で、あまり天気がいいと、原爆を連想してしまい、平和そうに見える目の前の世界が、一瞬の後には、地獄絵のような悪夢に変わるのではないかと恐れました。不潔恐怖と共に、何だか分からない不安感に取りつかれて、私は疲れきって田舎に帰ったのです。

東京を引き払う時、捨てようかどうしようか迷ったものがありました。それは、上京した年かその翌年に、伊勢丹美術館で買った一枚の図版でした。エゴン・シーレの、秋の吹きあれる風の中の一本の木を描いた絵で、美術館でその本物を見た時、「この木は私だ」と、なぜか思った思い入れのある絵だったのです。どうして捨てようか迷ってしまったのかというと、こんな理由がありました。

ある時、上京したばかりの私は、新宿の地下道で、通路に絵を広げて売っている外人を見かけました。その中の一枚の絵が、とても鮮やかで心魅かれました。私はまだ、外人がいろんなところで道端に絵を広げて売っていることを知りませんでした。神経質ではあっても、まだ強迫性障害の不潔恐怖の症状が出ていなかった私は、その絵を買ってしまいました。部屋を少しでも明るくしようと買ったのですが、結局、壁には貼らず、本棚の隅にさしこんでありました。エゴン・シーレの絵も、折れたりしないように、つい、その袋の中に一緒に入れてしまったのです。

後になって、その外人の絵が売られていた場所は、駅の公衆トイレの真ん前だったことに気づきました。駅などの公衆トイレは、私の最も恐れるものの一つです。いくら布の上に置かれていたとはいえ、その布の裏表がいつも決まっていたか分からないし、私は、そんな場所で売られていたものと一緒にしてしまったシーレの秋の木の絵を、どうしていいか分からず、ずっと放っておいてありました。

引っ越しの時、決断を迫られ、結局、捨ててしまうことにしました。パネルに入れてしまうことも考えましたが、東京の汚さを田舎に持ち帰ってしまう気がしたし、その絵を見るたび、新宿の公衆トイレを思い出してしまうかと思うと、ついに捨ててしまったのです。あの絵が、私のかたわらにあったら、どんなに良かっただろうと思います。私にとっては、特別な意味を持つ絵だったからです。

このような意味でも、強迫性障害は、生活の質をおとしめてしまう、悲しい病気なのです。

四　田舎に戻ってからの私

❖──最大の難関、水回り

東京にいる限り、部屋にいても一瞬も安らげない、もうただ安眠したい、安堵したい、それには田舎に帰るしかない、と追いつめられた結果、私は田舎に帰りました。そして半年ぶりに、ちゃんと眠ることができました。

法務局で面接を受けた日は、家に帰ると、ただ外出着を着替えるだけで済みました。田舎は東京じゃないから大丈夫だと思っていたからです。しかし、初出勤して、ロッカー室に案内されると、まず、靴を脱がなければならないのが、気持ち悪く、抵抗を感じました。そして、使うように言われたロッカーが、汚らしく見えました。寄せ集めらしく、いろんな型が並んでいましたが、私に振り当てられたのは、ドアの上に、マジックで「男女兼用」と書かれていて、全体に黒ずんでいるし、いかにも古びているし、「男も使ったのか……」と思うと、一体どこでどんな人がどのように使っていたのか、と悪い方に想像してしまうのです。翌日、私はタオルを持参して、自分のロッカーの内側から外側まで、水拭きしました。すると、真っ白だったタオルが、真っ黒になってしまい、一度拭いただけでは足りずに、何回こすっても、汚れがまだつくのです。ますます、以前どのようなところでどのように使われていたか、よほど、汚いところで使われていたに違いない、という疑念が濃くなりました。そのタオルは、もみ出す気もしないので捨て、まだ信用できずに、バッグを直に置く気がせず、お菓子の入っていた紙袋の中に入れて置くようにしました。

私の最大の難関は水回りです。トイレがどうか、清潔でありますように、と祈るような気持ちでしたが、トイレを見て、この建物が外見でイメージするより、ずっと老朽化している現実をつきつけられました。個室は二つとも和式でしたが、床全体がなんともいえず古くて汚い感じでした。トイレの中の水道で手を洗ってから、ドアのノブを握らなければならないので、当然、給湯室へ行ってもう一度石ケンで手を洗うのです。私は翌日から、以前出版社でやっていたように、給湯室にプッシュ式の手洗い石ケンを置いておきました。

そこには固形石ケンが置いてありましたが、誰がどのように使ったか分からない石ケンは、なんとなく気持ち悪いものです。

田舎は東京より清潔だという私の中の神話は、実際の職場を見て、崩れてしまいました。道を歩いているだけならそう思えますが、人が使うところは、結局同じなのです。私はまた、トイレに行けなくなりました。朝、起きてから、喉が乾いているのですが、お茶も飲まず、お味噌汁も飲まず、休憩時間にも何も飲まず、とにかく水分をとらないようにして、一日中一回も法務局のトイレに行かないよう必死でした。冬だったこともあり、東京より寒い土地だったこともあり、また、法務局ではその当時ほとんど暖房をしてもらえなかったこともあり、寒がりの私は、すぐにトイレへ行きたくなってしまいましたが、生理的に許す限り、トイレをこらえていました。東京の出版社やお店で働いていた時より大変でした。寒さのせいだったのかもしれません。とにかくすぐトイレに行きたくなってしまうのです。我慢するのは身体にも悪いのですが、それよりも、トイレを我慢しているために明らかに仕事に集中できず、ミスをよくおかしました。トイレに行けば、もっとちゃんと集中できると分かっていましたが、あのトイレに入ることが、何より恐ろしかったのです。

❖――家族との生活

私は毎日、家に帰ると玄関で服を脱ぎました。そのまま家の中へ入ってしまうと、家の中へ汚れを持ち込んでしまうと思ったのです。結局、東京にいた時と同じでした。違うのは家族がいたことです。家族に汚れを移すまいと、私は自分の衣類を箱の中に入れて階段の下に置き、バッグもビニール袋に入れ、また、法務局で靴を脱ぐので、足の裏も汚いと思い、床を雑巾がけして、それからお風呂に入りました。母は、私が帰ったらすぐ入れるように、お風呂をわかしてくれていました。が、二時間も出てこないのは、憤りを感じていたようでした。

お風呂で私は、二時間ひたすら石ケンで皮膚をこすり続けていました。時々放心するので、また、やり直しになってしまうのです。いくらこすっても、きれいになったと思えないから、ヒリヒリと痛くなるまでこすってしまうのです。特に首と胸は、毎晩ヒリヒリになりました。ヒリヒリ痛んでも、まだきれいになったと思えず、痛さで泣きそうになりながら、まだ石ケンをつけてこするのです。そこまで痛くなると、触らなくても首を動かしただけでも痛みます。そしてお風呂から上がると、すり傷用の軟こうをいっぱい塗りこみました。一晩で治さなければ、明日、またこすらなくてはならない予定だから、必死でした。私は石ケンをつけるために太ももにタオルを乗せますが、そこも、赤くなって軽いやけどのようになり、ヒリヒリと痛みました。そこへも私は軟こうを塗りこむ毎日でした。
一日中繰り返される手洗いで、私の手の皮膚は薄くなり、ひび割れだらけになりました。それでも手を洗うことをやめられませんでした。

母は時々、怒るようになりました。強迫性障害の患者の異常な行動は、普通の人にはまったく理解できないものです。ある日、お風呂から出てくると、自分で食事を皿に盛るように言われましたが、私は、その前に父が炊飯器のフタに触ったのを見たので、触ることができませんでした。この頃には、父に触れることもできなくなっていたからです（おそらくは、父が異性であるためかと思われます）。私が、フタに触れないからできないと言うと、「どうして触れないの」と怒られました。そして、「自分でやらなきゃやってあげない」と言われました。私は仕方なく、食事をしないで、自室へ上がって寝ました。お腹はペコペコでしたが、どうしても、触れないものには触れないのでした。後で姉から聞いたことですが、母は、私がどういうわけか食事もしない、と言って泣いていたそうです。
また、ある晩は、どうしてだか理由は忘れましたが、私はお風呂から上がってから、何か自分が汚れたと思い、布団の中が汚染されてしまうので布団に入れずに、一晩中、座布団で寝たこともありました。

ある日、私が仕事から帰ると、母がコンサートに出掛けました。私は、それならお風呂から上がってから何か夕飯を作ろうと思いました。しかし、いつものようにお風呂に入る前の作業を終えてから、私はなかなか、お風呂に入ることができませんでした。私はただ、放心したように、火の気のない玄関でしばらくの間立ちつくしていました。早くお風呂から上がって楽になりたいのですが、神経がクタクタに、くたびれていると、放心してしまうのだ、としか説明できません。もう十二月でした。それも長野県の十二月ですから、下着姿で、もちろん寒いのですが、動けないのです。「お風呂でたくさん洗わないといけない」という大変な作業のことを考えると、それだけで気力が萎え、やる気を出せなくなるのです。一体、どのくらいの時間、震えながら立っていたのか分かりません。おそらく一時間以上でしょう。私がお風呂から上がってきた時、ちょうど母が帰ってきました。私が夕飯の準備を何もしていないのを見て、母は情けないと思ったのでしょう。怒ってしまいました。この頃は、母はたびたび怒りました。強迫性障害の患者のしていることは、普通の人には理解できないのだから、仕方ありません。病院に通うようになって、病気だと分かってからは、母は怒らなくなり、私の奴隷になりました。母にしてもらわなくてはならないことが、たくさんあるからです。それは、もう少し先の話になります。

❖――職場での辛い毎日

東京を引き上げたのが八月、法務局で働くようになったのが九月、十二月にはすでに、法務局は私にとって、不潔恐怖の対象でしかありませんでした。職場の人間関係はとても良かったのですが、私にとっては、毎日強迫観念との闘いの日々で、必死でした。

十二月になるずっと前のある日のことです。仕事が終わった後、事務所内で飲み会がありました。その時、私は廊下でうっかりお酒の一升瓶を落として割ってしまいました。法務局には雑巾がありましたが、誰が何に使ったか分からない真っ黒な雑巾は、私にはとても触ることのできないものでした。私がこぼしたのだから、私が自分で拭くべきなのに、気のいい人たちが雑巾で拭いてくれるのを、そばで見ながら、「わー、ごめんなさい、わー、すみません」と、騒いでごまかしてしまいました。自責の念にはかられているのですが、その廊下が例の和式トイレのすぐ前だったこともあり、その床を雑巾がけするなんて、とてもできなかったのです。

その翌日、私は大変な衝撃を受けなければなりませんでした。皆が床を拭いていた雑巾で、カウンターや机の上を拭いているのを見てしまったのです。そして、それは毎日のことでした。上下の区別のない雑巾、しかも、なぜかよく汚れている和式トイレの前の床を拭くのを見てしまった雑巾、私が酒瓶を割った時、男性職員がトイレから持ってきたモップと一緒に床を拭いていた雑巾、それで毎日、机の上が拭かれているのです。

私は、どこにも触れない、身の置き場のない思いで、東京にいた頃と全く同じ心理状態に置かれていました。空気も物も皆汚い、汚いものに取り囲まれているという、あの感じです。

法務局には、巨大なコピー機がありました。それを使うのが、自分の仕事でした。ある時、同僚の人が、真っ黒な例の雑巾で、そのコピー機のスイッチボタンの部分を、「ホコリがたまってるね」と言って拭きました。その瞬間から、そのボタンに直に触ることができなくなりました。私はいつもボールペンのおしりでボタンを押すようになりました。しばらくすると、「ねえ、どうして指でやらないの？」と不思議がられましたが、適当にごまかすより仕方ありませんでした。

法務局では、毎日業務の後に皆でお掃除をしました。掃除用具に触るのが嫌でしたが、仕方ありません。私はホウキの柄をしっかり握ることができず、指だけで支えるように持って掃いていました。ある時、仕事の片づけに手間取り、ほうきは全部使われて残っていませんでした。すると、後は雑巾がけしかありません。私は困ってしまいました。どうしたかははっきり覚えていませんが、雑巾がけはしませんでした。我ながら卑怯だと、自責の念はありましたが、どうすることもできなかったのです。

法務局では、お掃除の人はあまり来てくれませんでした。何日かに一回なのです。しかも、来たとしても、あまりちゃんと仕事をする人ではありませんでした。掃除をする前とした後の変化が分からないくらいです。トイレの汚物入れの中身なども、片づけてくれないのです。女性の職員に聞くと、汚物入れの中身は、仕方ないからその人が片づけをしているというのです。その話を聞いた時、私は自分も手伝うべきだと思いました。私は正式な職員ではなくアルバイトの身分でしたが、私の良心が、そう思ったのです。でも私はその心の声を振り切って、自分も手伝うという申し出をしませんでした。どうしても、その言葉を口にすることができなかったのです。

毎日毎日が、不潔恐怖にさらされ、それと闘い、自責の念にかられる、そんな日々でした。不潔恐怖と闘っている、と言うと、「嫌なことから逃げているから闘ってないじゃないか」と思われるかもしれませんが、当人にしてみると、その環境に身を置くだけで、ものすごく頑張らなくてはならないのです。本当は、家の外に出るのも辛いくらいなのですから。だから毎日、お風呂で二時間も、皮膚がヒリヒリ痛むくらい、こすらなくてはならないのですから。ただ怠け心やずるい心で嫌なことはしない、というのとは違うということは、どうしても分かってもらいたいことです。

❖──職場のやさしい人たち

職員の中に、家が農家だという人がいて、よく、長いもや、アスパラガスなど、新鮮な野菜を持ってきて、皆に分けてくれました。その人は、大人しい私が遠慮してもらっていかれないのではないかと心配してくれて、「長いも、持ってった？　持ってって」などと何度も言ってくれました。長いもは私の好物でした。でも私は、法務局の建物の中に置かれてしまったそれらを、どうしても、もらって帰ることができませんでした。母の手に渡り、母が台所で調理する前に、汚いと思っていない母により、家中に、法務局の汚れが広まってしまうと考えたからです。私にとって、法務局の汚れとは、すなわち他人の排泄物の汚れでした。

ある時は、その人は、北海道土産の生鮭《なまざけ》の大きな切り身を持ってきてくれました。鮭は母の大好物でした。その人は何度も私に持ってゆくように言ってくれましたが、とうとうもらっていくことができませんでした。その人はその場で鮭を切っていましたが、ビニール袋の中に手を入れ、鮭をつかんでひっくり返していました。つまり、ビニール袋の外側が、内側になってしまうのです。そして、そのビニール袋は、私には汚いと思える、ダンボールの上に置かれていたのです。その人の親切な気持ちを無にしたことが、いつまでも、私の胸に後悔を残しました。

その年の冬は、雪が多く、ほとんど毎日ふぶいていました。ある日、窓の外を見ていた人が、遠くの村から車で通っているKさんに、「Kさん、今日は家に帰れないよ、○○さん（私のこと）の家に泊めてもらいな」と、冗談だか本気だか分からないことを言いました。私はドキッとしました。今まで東京に住んでいましたから、「そういうこともあるのか」と、信じてしまいました。長野県で社会人生活をするのが初めてだったので、その辺のことが、よく分からなかったのです。

私はKさんのことが大好きでした。本当にいい人だったからです。でも、法務局で働いている人を家の中に入れるということは、法務局の汚れをそのまま家に持ち込むということです。まさか、自分がいつも帰宅してからやっている作業を、Kさんにもやらせるなんて、できません。私のやっていることが、おかしいわけですから。私はその日一日中、雪の降り具合が気になり、どのくらいの雪になるとKさんは家に帰れないのだろう、と心配し続けました。その日は、Kさんは自宅へ帰りましたが、泊めてあげるべきだったのではないか、でも泊めてあげることができない、と一晩中悩みました。そしていつか、泊めてあげるべき日が来るのではないか、と、冬中悩み続けました。

ある日、ギョッとする出来事が起こりました。市民のおじいさんが、女子トイレへ入って行くのを見てしまったのです。私はその後中がどうなっているか、見る勇気がありませんでした。トイレは和式なのです。同僚の女性に言うと、その人が中を見に行き、床がびしょびしょになっていると言いました。今までも時々、床が水びたし状態の時があり、どうやって、誰がこんなに汚すんだろうと思っていました。こういうわけだったのか、と思うと、ますますトイレを使えなくなりました。確かに女子トイレの標示は見にくかったと思いますが、男性職員に、「そうだよ、今まで女子職員いなかったから、あそこも男が使ってたんだよ」と言われ、愕然としました。それで床があんなに汚いのかと思いました。お掃除は毎日来てはくれないので、翌日もその状態はそのままでした。三月までの契約だから、三月まで我慢すればいいんだからと、必死の思いで自分に言いきかせました。

また別のある日、同僚の女性のUさんが、トイレから出てきて、不思議そうに、「ハンドルがなんだかねちゃねちゃする」と言って、給湯室で私の置いたハンドソープで手を洗っていました。私はまたギョッとしました。和式トイレのハンドルは、手で押すものだと聞きましたが、私はそれをずっと知らずに、足で踏んでいました。自分以外にも人が足で踏んでいるのを見たことがあるので、とても手で触る気にはなれず、誰もが足で踏めばいいと思っていました。

法務局の女子トイレの床は、しばしば男性によって汚されていました。そこで誰かが足でハンドルを踏んだ後、何も知らずに他の人が手でハンドルを押したら、どうでしょう。Uさんはそのケースだと、ピンときました。Uさんは、あの汚いトイレのハンドルを、ずっと手で押し続けていたのだと思うと、私はもう、いたたまれなくて気がおかしくなりそうでした。Uさんの触ったものはすべて、汚染されていると思うからです。私は、Uさんが触ったハンドソープも、もう触れない、と思いました。私は帰る時、食器洗剤で手を洗ったような気がします。

法務局には、お茶の時間というのがあって、私と、もう一人の同僚の二人が、その係でした。私が、お湯の入ったポットと、湯呑み茶碗の用意をして、もう一人の人が、その後片づけでした。当然後片づけの方が嫌だろうな、と思い、「交替制にしようか」と、何度言ってやりたいと思ったかしれません。この手記の最初の方に書いた通り、昔の私だったら、人の使った茶碗を洗うくらい、わけのないことでした。それが普通の人です。でも、その時の私は、すでに、他人が口をつけた茶碗を洗うなんて、到底できないことだったのです。とても汚らしく感じてしまうのです。だから、彼女に交替制にしようと言い出せず、悪いと思っていました。

彼女は前々から、三月某日は用事があるので休む、と言っていました。だからその日は、私が後片づけをしなくてはなりません。その日が近づいてきたある日、お茶の準備をしていた私は、凍りついてしまいました。私は流し台のそばにいなかったのですが、お掃除の人が、トイレ掃除用のバケツを流し台に置き、給湯器からお湯を入れて行ったのです。その瞬間から、私は、その流し台で洗い物など、絶対にできないことになりました。その流し台を掃除することさえできませんでした。他人が使ったトイレの便器を掃除するのと同じ気持ちだからです。流し台に近づくことさえできない気持ちでしたが、そこで手を洗わなければなりませんでした。同僚が指定した三月某日、私はどうしてもそこで洗い物をする勇気を奮い起こせず、とうとうズル休みをしてしまいました。その日は大変忙しかったそうです。

私は自分を最低の人間だと思いました。でも、どうしてもその日、出勤できなかったのです。ただでさえ他人の分泌物のついたものを洗うことができない上に、お掃除の人がトイレ掃除するバケツを置いた流し台です。そこで洗い物をするなんて、どうしても、どうしても、できなかったのです。

❖――半月で辞めた建設課

三月末日で法務局との契約が終わった時は、本当にうれしかったです。もう、法務局に来なくていいというのは、ものすごく汚い環境から救われた気分なのです。地獄から解放されたような気分です。肥溜めから救い出された気分です。

「(人との) 出会いを大切にしなければいけないよ」と、何度も私に言う人がいました。法務局は転勤が多いので、いつもこんないい人たちばかりというわけではなかったようです。それはそうでしょう。二十何人も人がいて、みんないい人なんて、奇跡です。その人が、出会いを大切にと言ったのは、多分男の人との出会いのことでした。そこには、若い独身男性が何人もいました。その意味は分かっていましたが、私はむしろ、Kさんたち、女性の職員の人たちのことが気がかりでした。いつまでも友人でいたいような、本当にいい人たちだったからです。でも私は、もうこれきりお別れだと思っていました。法務局で働いている人は、その人の手も、服も、カバンや財布など持ち物も、すべて法務局の汚れに汚染されているからです。つき合えば、私もまた、汚染されてしまいます。

法務局の契約期間が終わりに近づいてきた頃、局長さんが、「四月から税務署で働かないか」と、お声をかけてくださいました。そして、面接日まで決めてくださいました。私は税務署には入ったことがなかったので、「少しでもきれいであってくれたら」と、そればかり考えていました。ところが、当日初めて目にした署内は、法務局よりボロボロに見えました。面接の最中、壁の一部がポロッと落ちているのを見て、びっくりしてしまいました。税務署長さんはごきげんで、いつの間にか、「いつから仕事に来られますか」という話になっていました。私はつい、「いつからでも」と返事をしてしまいました。しかし、帰る時、給湯室をのぞいて、ギョッとしました。人がいたし、偵察は得意でないので、さりげなくだと、あまりよく見られなかったのですが、まるで、ホラ穴のように見えました。壁が真黒に見えたのです。そんなに汚れているのか、と思いました。ただ、電気がついていなかっただけかもしれません。トイレの中を確かめる勇気もなく、逃げ出すように、出てきてしまいました。そして、一度は話が決まってしまったのに、どうしても毎日通う気になれなくて、悪いと思いながらも、断ってしまいました。もちろん、ホラ穴みたいに汚いから、とは言えませんから、就業時間が短いことを理由にしました。

本当は、もう外出したくないので、家にいたかったのですが、親に、結婚もせず、働きもせず、ただ家の中にいたいんだ、とは言えません。仕方なく、ハローワークで探して、今度は、合同庁舎の建設課に、仕事が決まりました。そこでも私はとにかくトイレや給湯室が気になりました。仕事が始まると、私の気分は、法務局にいた時と同じでした。こちらの建物も、法務局や税務署と同じように、古びていて、私にとっては汚いのです。毎日、ビクビク緊張しながら、汚染されている気分で仕事をしていました。

制服を着なくてはならないのですが、その時、ロッカーの上に置いてあるダンボール箱が少しはみ出しているのまで気になるのです。汚いものなんじゃないか、ホコリや、目に見えない汚れが落ちてくるんじゃないかと。

働き始めてしまってから、仕事で法務局や税務署へ行く用事が多々ある、と知らされました。私は耐えられず、「辞めたい」と親に言いました。職場の人には、大変申し訳なかったのですが、半月で、辞めることになりました。

五　家の中での私

❖――外に出なくなってしまったこと

合同庁舎の仕事を辞めると、私は、これで汚いもの「法務局」や「公衆トイレ」などと縁が切れると思い、服をクリーニングに出して、バッグなどは何重にも袋に入れて封じ込めると、やっとホッとして、それからとうとう外に出なくなってしまいました。働いていた頃は、よく東京に映画や芝居を観に行きましたが、それもほとんどできなくなりました。

親も、私の様子が普通じゃないと思ったらしく、外出を無理強いはしませんでした。この頃、法務局から何度かお仕事の話があったらしいのですが、この様子では無理だろうと、私には知らせずに断っていたそうです。

私は病気の症状に対する抵抗力、最後に少しだけ残っていた抵抗力を失って、完全に病気に支配されるようになってしまいました。私は毎日、ただふくろうのように座っていました。普通の日常生活は全くできなくなってしまいました。自分にとって安心な清潔空間に逃げ込んで、そこから出られなくなりました。二階の自分の部屋が、いわば聖域で、一番安心できる、清潔な場所です。他人はもちろん入ってはいけないし、家族は階段を上ることも許されませんでした。自分も、起床して食事のために居間に下りると、もう、お風呂から上がるまでは、自室に戻れませんでした。居間は家族との共用空間なので、そこへ行くと、自分もある程度汚染されてしまうからです。居間の中でも、自分の座る場所が決まっていて、そこにしか座れないし、他の人がそこに座ってもいけないのです。

私は、かろうじて、母が洗ってくれたものだけに触ることができるだけでした。食事も、母が洗ってくれた食器で、母が洗った野菜や、母が加熱調理したものしか食べられませんでした。だからパンとか、他人が作って売っていたものは、食べられませんでした。口のまわりが汚れてしまう気がするのです。そしてそれが、大事な仕事であるお風呂掃除の時、浴槽の中に落ちてしまう気がするのです。

お風呂掃除だけが、一日の中で、私にできる唯一の仕事でした。自分でしないときれいだと安心できないので、最終的には自分でするのですが、その前に、母に一度掃除してもらうのです。私は父が使ったお風呂を直接触ることができなかったのです。母に掃除してもらって安心して、それから自分で納得のいくまで掃除するのです。そんな風ですから、入浴するのも自分が一番最初です。そして自室に戻ると、もう朝まで出てきません。トイレにすら行かないのです。寝るまでの間、映画のビデオなど観て過ごしていましたが、ジャブジャブ洗った白い木綿の手袋をしてビデオテープに触っていました。

❖──家の中での一日

私は少しうつ状態でした。そういう時は、とにかく朝が嫌いで、午前中が嫌で、昼過ぎまで寝ています。何度目が覚めても、布団の中にもぐって、うつらうつらしています。ドラキュラみたいに、日光が苦手で、午前中は、「さあ、一日が始まるぞ、動け、何かしろ」と日光に言われている気がして、でも何もやりたくないし、実際何も触れないのだから、何もできないし、日光に責められている気がするので、必死で布団の中にもぐっているのです。

お昼頃起きて、居間に下りてきます。そして一日中何もしないで座っています。ひざを抱えてうずくまっているのです。この頃は異常な寒がりで、真夏でも長袖を着て、電気カーペットに電気を入れて座っていました。洗っていないものには触れないので、紙にもさわれません。習慣だった日記をつけることもできなくて、頭の中はいろいろ活動しているのですが、記録できませんでした。紙に触れないので本も読めません。自室に戻れないのでビデオも観られません（居間にはビデオデッキがなかったし、外から家の中に人が入ってくるのが嫌なので、電気屋さんも呼べません）。一日中、ただ教育テレビをずっと観ているのです。他にできることがないのです。座っているだけでも、どこか緊張しているので、ゴロンと横になりたくなりますが、汚れてしまうと思って、横にもなれません。自分で洗ったものを敷くとか、そういう発想もありませんでした。そうやって一日中、何もしていないから、何も汚れていないのに、お風呂に四十五分かかります。四十五分間、必死でこすって洗っているのです。

歯を磨く時は、お風呂の前と後の両方、磨きます。その際、別のハブラシを使います。汚さが違うからです。まず、お風呂に入る前に、居間に置いてあるハブラシで歯を磨き、お風呂から出ると、洗面台にあるハブラシで、歯を磨きます。外出した時は、また別に、外出した時用のハブラシで歯を磨いてからお風呂に入るのです。歯を磨くというより、口の中を洗うという感じです。

家の中で、二階の部屋と一階の居間以外に、私の行ける場所は、お風呂とトイレと洗面所だけです。あとは、その通り道だけです。居間の中でさえ、通り道が決まっているのです。通り道に物が置いてあって狭くなっていると、「汚いからどけて」と言ってどかしてもらいます。他の場所は、全く足を踏み入れられません。もちろん玄関が一番汚くて、玄関の領域そのものに入れません。洗面台は、私専用で、他の人は使えません。だから家族は外から帰ると、台所で手を洗っていました。私が「手を洗って！」と騒ぐのです。洗面台は、自分しか使ってないのに、毎晩、お風呂に入る前に、専用スポンジで洗いました。そこを清潔にしておいて、いつも、そこで手を石ケンで洗うことで安心していたのです。

❖——家族のこと

迷惑をこうむっていたのは家族です。家族は皆、外出から帰ると、服を着替えさせられました。着替えずにうっかりそのまま居間に入ってくると、私から「汚い！」と怒られました。私にしてみれば、怒るというより、怖がっていたのですが、相手はそうは感じず、私に怒られているという理不尽な思いをしていたのです。

母にさえ、一定の距離を置かずにはいられませんでした。今でも、「外出して自分も汚れた」と思える時以外は、母に触れることもできません。このことは、私をとても悲しくさせます。あまりに触ることができないので、いい年をして、時々母に抱きつきたい衝動にかられます。でも、できないのです。

先に、「汚い！」と私が怖がったと書きましたが、この頃、その多くは悲鳴となって私の口から表現されていました。家族の中で私が一番汚く感じていたのは父でした。異性だということもあるでしょう。私にとって、父はいろいろなところへ出掛けて行って、外の汚れを家の中に持ち込む存在でした。父には、どんなに近づいても、二メートル以上の距離が必要でした。廊下などで出会いがしらに近づきすぎてしまうと、私は悲鳴を上げました。私が洗面所で手を洗っている時、スリッパの音がすると、誰なのか、玄関に行こうとしているのか、トイレに行こうとしているのか、台所に行こうとしているのか分からないので、恐怖にかられて「誰！」と叫びました。洗面所で悲鳴を上げたり叫んだりすると、よく響いて、隣の家に聞こえるので、母は嫌がりました。口うるさい近所でいろいろ言われるのが、母にとって、とても悲しいことだったのです。

父も、最初の数年間は、なかなか私の状態を理解できず、その苛立ちを母に向けていました。母も、父をなだめるのが大変だったようです。私は、父が通った後を、すぐ通ることもできませんでした。特別汚いホコリのようなものが、空中に浮遊していて、それが自分にもくっついてしまうと思うからです。また、時には、父の姿が目に入っただけで、自分まで汚れてしまったように感じました。食事中に父がしゃべったり、つい咳をすると、それだけで、父のだ液がかかったと思い、テーブルの上のものすべてが食べられなくなりました。

❖――外からの汚れ

私は玄関に人が来ただけで震え上がりました。ピンポーンとチャイムが鳴っただけで、ドキドキし、戸が開いて人が入ってくると、どんな人でも恐ろしく感じました。声が聞こえるだけで怖くなるのです。そのままズカズカと家の中に入ってきてしまうのではないかと思えてしまうのです。他人が家の中に入ることは、最も恐れていたことでした。外の汚れがそのまま家の中に入るという感覚です。私にとって外の世界は汚いものに満ちていたので、外から他人が家に入ると、それを全部持ち込まれるという気持ちなのです。だから電気屋さんなどに家の中に入ってもらわなくてはならない時は大変でした。例えば居間のテレビの故障を直してもらう時などは、前日のうちに、居間にある自分の座布団など自分のものはすべて、他の場所に移し（その際にも他の場所の汚れがつかないようにきれいなビニール袋に入れ）、来てもらう当日は、その人が来て帰るまで私は自室から出られないのです。来てもらっているその間、私はずっと自室で布団をかぶって耳をふさいでいるのです。眠ってしまえたらいいくらいです。

そして、その人が帰った後は、母が大変です。母は畳から壁から廊下から、そこいら中を拭き掃除しなくてはなりません。六十を過ぎた母には、随分な労働を強いていたと今は申し訳なく思っています。でもその時は、人を思いやる余裕は全くありませんでした。自分のことだけで、必死だったのです。母は嘘のつけない性格なので、本当に私の気が済むように、徹底的に掃除しなければなりませんでした。そうしてきれいにした後、母は私を呼びます。私は、あそこも拭いたか、ここも拭いたか、と母に確認し、「ほんとにきれい？」と念押しします。母は嘘がつけませんから、母の言葉を信用して、私はやっとおそるおそる下りてくることができるのです。尚も「廊下全部拭いた？　ここも拭いた？」と確認しながら。母は本当に、私のために苦労を重ねています。今でも苦労のかけ通しです。

　間取り上、二階の階段の上から、玄関を見下ろすことができますが、私は未だに、玄関に人が来ている時、その姿を見ることができません。見ただけで、その人の汚れ（外界の汚れ）が自分にくっついてしまうような気がするのです。

　人だけでなく、外からは、郵便物や宅配物もやってきます。宅配のダンボールも、母は、私のために雑巾で拭かなくてはなりませんでした。自分にも郵便物がきたりします。私は、郵便物の中身を見られない時というのがあって、たとえば自分の洗濯の近い日などはダメです。前日なんて絶対ダメです。郵便物を見たら、自分が汚染されてしまうので、一日や二日では、お風呂に入ろうが、きれいになりきれないから洗濯ができない、と思ってしまうのです。洗濯日が遠い日の、お風呂掃除も全部終わった、夕方以降、やっと郵便物を見ることができます。母に開けてもらって、中身だけ自分で触ります。封筒はとても汚いものなので触れません。中身も、指先でつまんで読む感じで、読み終わると、大事なものならビニール袋に入れてしまい、しっかり石ケンで手を洗います。

母に郵便物を開けてもらった時、母がどのくらいその郵便物に触っているかも気になります。洋服などに触れると、洋服も汚れたので、着替えてほしいと思ってしまいます。手も必ず、洗ったかどうかを確認します。私のせいで、母はしょっ中着替えなくてはならなくなり、ドライクリーニングの必要なセーターなど、家の中では着られなくなってしまいました。

❖──洗濯について

洗濯は、一週間以内の何日かに一回します。私は、ジャブジャブ洗濯機で洗ったものしか身につけられないのはもちろんですが、一度着たものは、翌日また着るということはできません。だから、下着同様、タオルや服も、日数の分だけ、洗濯物が出ます。

自宅の洗濯機は全自動です。そしてもちろん家族と共用です。ですから私は洗濯の前日に、洗濯の準備をしなくてはなりません。まず槽洗浄をしてもらった後、エタノール（消毒液）をしみこませたタオルで、洗濯機のふたやふちを拭くのです。一番外側の外ぶたから内ぶた、そのふちなど、すべて拭きます。それから、またもう一枚別のタオルにエタノールをしみこませ、今度は内から外へ、もう一度、すべて拭きます。そうしてきれいにした洗濯機に、父に近づいてほしくないため、洗濯機のある洗面所の戸を閉めてしまいます。父は勝手に洗面所の戸を開けることは許されません。その日は、父にはお風呂も遠慮してもらいます。洗面所を通らないと、お風呂場に行けないからです。父にだけ遠慮させては悪いからと、母も遠慮してしまいます。私はもちろん入浴します。いつもより念入りに。

ここでよく確認行動が出ました。洗濯の準備をした後、ちゃんと洗面所の戸を閉めたかどうか、何度も確認するのです。私はあらゆる家族共用の戸を手で触れなかったので、行儀の悪いことですが、足で閉めます。見ただけでは納得できず、洗面所の引き戸がちゃんと閉まっているかどうか、足で戸を押して何度も確認します。数を数えたり、自分だけの呪文を唱えたりしながら確認するのです。例えば、好きな映画の題名を十回唱える、という感じです。

また、洗濯中にも、確認行動が出ました。ちゃんと洗濯機の中に洗剤を入れたかどうか、心配になるのです。それで、洗濯中に一時停止を押して、ふたを開けて、泡が充分たっているか、確認するのです。泡で決めてはいけないのですが、泡がたっていると安心するのです。

洗濯物を干す場所も決まっていました。もちろん外には干せません。まず、下着やタオル、それから肌に直接身につけるTシャツなどは、自分しか使っていない二階の部屋に干しました。朝、起きると、それらを洗濯して干し終わるまで、居間へは行けません。二階に干すもの以外、上に着るトレーナーなどは、居間の決まった場所へ干しました。そこへは誰も近づけません。

ある時、翌日の洗濯の準備をしている最中に、台所へ行くと、母がお札を手に持っているのを見てしまいました。母との距離は一メートル半はあったと思いますが、私はお金を目にしただけで、自分の手が、お金に触ったみたいに汚れたと感じていました。一日お風呂に入っただけでは充分きれいにならないと思い、洗濯日を一日先へ延ばしてしまいました。

六　病院での私

❖——初めての病院

母は時々それとなく、お医者さんに行ってみようと私に勧めました。でも私の気持ちを気遣って、無理強いはしませんでした。後で知ったことですが、母は評判のいいお医者さんを訪ねて、安定剤のようなものを取りあえずもらえないかと、頼んだりしていたそうです。私の病気を、もっと軽く考えていたのです。でも、本人が行かない限り、薬はもらえませんでした。

私は、病院に行くことは全く考えていませんでした。自分を病気だと思っていなかったのです。今の状態のままでいいと思っていたわけでもありません。そんなこと考える余裕はありませんでした。ただひたすら、「汚い、汚い」しか頭になかったのです。

　自分を病気だと思えない私は、病院に行けば、「あなたは病気なんかじゃないわよ、ただ甘えているだけよ、自分でなんとかしなさい」と言われると思いこんでいました。お医者さんからそんなことを言われてしまえば、自分でなんとかするしかない、でもどうしても今の状態をなんとかすることはできない、そうしたら自殺するしか道がない、でも怖くて死ねない、だから病院には行けない、と思いこんでいたのです。そして、自分の状態のことを考えるたび、ただ涙が止まりませんでした。

　しかし、そうやって閉じこもっていても、家族は外の世界とつながっているし、完全に安心することはできません。症状はどんどんひどくなり、心の安らぐ時は全く得られなくなり、お医者さんへ連れていってほしいと、とうとう自分から頼みました。閉じこもってから半年が経っていました。

　外へ出ると、それだけで、ものすごく汚い水に飛び込んでしまったような、「全身が汚れた」「汚いものに取り囲まれている」という感覚になります。とても汚い水に飛び込んだのと同じくらい全身が汚れたから、簡単には取り返しがつかない、もとに戻すのは気の遠くなる作業だ、という考えに頭の中を占領されてしまうのです。ああもう、家に帰ったら、お風呂でたくさん洗わないと、自分に再び安らぎは来ない、と思うのです。

初めて行ったお医者さんは、個人の心療内科でした。私は自分でドアを開けることはできませんでした。ドアノブに触れないのです。また、スリッパを履くところだったので、靴下を二重に履いていきました。帰りにスリッパを脱いだ時、外側の靴下も脱ぐのです。そうしないと、靴の中が汚れてしまうと思うからです。脱いだ靴下を入れたビニール袋を、自分で持つのも嫌でした。

その頃の私はもう、神経がクタクタで、気分はメロメロでした。待合室で、私はずっと泣いていました。自分の症状について、ちょっと考えただけで、なぜかしくしく泣けてしまうのです。順番がきて先生の前に座った時も、ずっと泣いていました。先生はとても優しく、気持ちを話してごらんなさいと言ってくれるのですが、涙しか出てこないのです。そして、泣きながら、やっと出た第一声が、「外に出られないんです」という言葉でした。

診断はすぐ出ました。「あなたは病気なのよ、あなたは何も悪くないのよ、病気のせいなのよ」という、予想外の優しい言葉でした。「本当に薬なんかで治るのか？」という疑問はありましたが、「お医者さんに許された」というのが、まず、うれしかったのです。ですが、普通の生活に戻れるというのは、想像もできない遠い遠い出来事のように思われましたし、それは、まんざら見当外れな予感ではありませんでした。私はやっと、長い治療生活の入り口に立っただけだったのです。

❖――治療生活の始まり

もらった薬を飲むと、一日中眠っていました。眠くて眠くて仕方ないのです。私は、起きている時は、五分おきくらいにライオンのような、顎がはずれそうな大あくびをして、居間に用意した専用の長座布団に横になっていました。先生に報告すると、「そんなに眠いの」と驚かれ、その薬を飲むと、疲れていた人ほどよく眠るのだと言われました。

症状に特に変化はありませんでしたが、二週間に一度、通院のために外出するのがリハビリだと思って、通い続けました。お金などに触れないので、家族に車で連れて行ってもらうのです。診療日が土曜なので、姉の車で通院していました。帰宅すると、すぐお風呂に入らなくてはならない、たくさんこすらなくてはならない、その大変さを考えると、想像しただけで気持ちが萎えました。それで、診療のあと、あてもなくドライブしてもらったりしていました。大変な作業を、少しでも先に延ばしたかったのです。でもお店に寄るのは苦手でした。人がたくさんいる所へ行くと、とても疲れて、すぐに帰りたがったものです。

お風呂を済ませてしまえば、寝るまでの間、ビデオなど観て過ごしました。お風呂から上がると、ビデオテープに直接触れないので、相変わらず、ジャブジャブ洗濯した木綿の手袋をしていました。この頃から、日記をつけるのを再開できるようになりました。ノートはむき出し状態で売っているので使えなくなり、ビニール袋に入っているルーズリーフを、なんとか触れるようになったのです。

私はずっと、ある考えにとらわれていました。自分がこうなったのには、自分自身に、何か原因があるはずだ、自分の過去を探れば、そこに答えがあるのではないか、そうしたら治るのではないかと思いこんでいたのです。自分の生き方が何か問題だったのでは、と思う私は、先生に過去の話をしたがりました。まず過去から始めなければ、という思い込みです。後から知ったことですが、過去の生き方など、関係なかったのです。だから先生は、私が過去の話をしようとすると、「昔のことは忘れましょう、先のことだけ考えましょう」と、優しく私の話を遮りました。それが私には不満でした。過去にしか気持ちが向いていない時に、先のことは考えられなかったのです。

この頃、私は時々、大声で泣くことがありました。小さな子供の頃に泣いたように、大きな声でわんわん泣くのです。何がきっかけだったか、今では思い出せません。とにかく一度泣き出すと、人目もはばからず（といっても家の中でしたが）、ただひたすら、あらん限りの声を出して、私の身体の中に、どこにこんなに悲しみがあったのかと思うほど、ひたすらにわあわあと泣くのです。まるで、大声を出して滂沱《ぼうだ》の涙を流すことで、身体の中にたまっている何かを吐き出しているようでした。大声で泣くことでしか表現できないものが、私の中にあって、それが堰《せき》を切ったように、その時、あふれ出してくるのです。母は、近所に聞こえて恥ずかしいからやめてほしいと言いましたが、一度泣き出すと、自然に泣きやむまで止まらないのです。近所への恥なんか、どこかへ吹き飛んでしまうのです。

そうやって一年が過ぎました。これといって進展は見られませんでした。私は時々、「頭が苦しい、どうかなりそう、気が狂いそう」と悲鳴を上げ、親を心配させていました。私は自分では、「頭が便秘」と名付けていたのですが、頭の中にあって、外に出たがっているものがあるのに出せない苦しみに襲われていました。

相変わらず、過去の話をしたいのに、遮られてしまう診療が続いていました。私は過去の話をするのをあきらめましたが、そうすると何も言えなくなってしまうので、ほとんど話をしませんでした。ただ薬を飲んで寝ている毎日でした。薬は様子を見て順々に変えられました。副作用で必ず便秘になります。薬によっては、吐き気がしたり目まいのするものなど、いろいろな副作用がありました。

❖――病院に行かなくなったこと

ある日、待合室にいると、見覚えのある男性が入ってきました。法務局へよく来た人でした。法務局へ出入りする仕事をしている人だと思うと、この医院も法務局に汚染されている、と感じ、そのまま帰ってきてしまい、二度とその医院へは行けませんでした。住んでいる近くでは、他に行く病院がありませんでした。市立病院は法務局の職員の人が通っていると言っていたので行けませんし、I病院は、建物が古く、私は古びた汚らしい建物へは入れないので行けませんでした。私は病院帰りに寄ったスーパーで、法務局で一緒に働いていた人に声をかけられ、肩に手を触られただけで凍りついてしまい、帰るなり服を全部脱いでシャワーを浴び、必死に石ケンで身体をこするほど、まだ法務局の汚染を恐れていたのです。新たに、病院探しをしなければなりませんでした。

母や姉は手当たりしだいに神経症の本を読みあさりました（その頃はまだ、「神経症」という言い方がよくされていました）。そして評判のいいところを聞きつけると、姉が何時間も車を運転して、私を連れて行ってくれましたが、ある精神科の病院では、建物が古いのを見ただけで、私は車から降りられず、帰ってくるしかありませんでした。

ある時は本で見つけたカウンセラーのところを訪ねて行きました。私は涙でグシャグシャになりながら、出版社時代のことなどを話しました。しかし、そこは通うには遠すぎました。ある時は、家族が整体に行くのにつき合わされました。私が、神経症なので、あまり身体に触られたくない、と言うと、その整体師は、「気の流れがとどこおっている」などと言い、「毎朝、起きたら鏡を見て、私は美人だ、と思いなさい」と、無理なことを言いました。

本で調べて良さそうだと思う医師は、東京で開業していることが多く、でも私は東京へ通うことなど、とてもできません。母は、県内で、手当たり次第に電話して、勘で訪ねて行ったところが建物のきれいな病院でした。母は看護師さんに話を聞き、目星をつけました。私の要求である、「私より年長で、よく話を聞いてほしい」という条件に合いそうな先生がいるというのです。私が、「それなら行ってみる」と言うと、母は、精神科とは何の関係もない胃腸内科の先生に、無理矢理紹介状を書いてもらい、その病院に行くことになりました。前のお医者さんをやめてから、一年が経っていました。

❖――M病院

次に通うことになったM病院のI先生は、紹介状を見て、しきりと首をかしげていました。見ず知らずの医師からの紹介状だったからでしょう。相手は内科ですし、どうして自分のところにその紹介状がきたのか、不思議だったようです。母は、まさか行くのをやめた先生に頼むわけにもいかず、お医者さんなら誰でもいいと思って滅茶苦茶をしていたのです。母は、必死だったのです。私は、必死なあまりにそんなとんちんかんをしてしまう母を、本当にありがたいと思いますが、当時はそんなことを考えている余裕はありませんでした。

I先生によると、最初の頃の私は、動作も、しゃべり方も、非常にゆっくりだったそうです。一年もの間、何の薬も飲まず、治療を受けていなかったので、一番ひどい状態だったのです。だから外出する時は、先にも書きましたが、汚い汚れた水の中に、全身飛び込んでしまうような気分、もう耳の穴まで汚れてしまったから、取り返しがつかない、汚い空気の中を突進していくしかない、というような悲愴な気分なのです。そして外出している間中、汚いものに取り囲まれている恐怖感で、本当に、ろくに動きもとれない気持ちなのです。診察室のドアノブに触るのも、もちろん嫌でした。でもそれは、自分で触って開けるしかなかったので、努力しました。それ以外に、触れるものはありませんでした。最初の頃は、診察中にいつも泣いていたのを覚えています。

家にいる時は、目を開けているのも嫌で、何も考えたくないので、眠くなくても、目をつぶって横になっている日々でした。それで、診察日だけ、必死の思いで外出するのです。

M病院までは、高速バスで通いました。停留所はへんぴな場所だったので、そこから病院までは、タクシーで往復しました。随分とお金を使わせたものです。お金はもちろん触れませんし、スリッパを履く病院だったのですが、スリッパにも触れません。自分の靴にも触れなかったのです。だから、通院はいい年をして、母と一緒でした。母に病院のドアを開けてもらい、スリッパを出してもらい、靴をゲタ箱にしまってもらいました。

予約制なのに、よく待たされました。私は落ちつかず、よく廊下を歩き回っていました。

ある時、ガラスのドアの向こうで、ゲタ箱のあたりを掃除している人がいるのを見ました。

お掃除の人は、私の最も怖いものの一つです。こわばったままじっと見ていると、その人が、ゲタ箱の中の母の靴を手に取って、その中をモップで拭いていました。私は掃除中の汚れた手で母の靴を触られたことがとてもショックでした。後で母にそのことを話すと、もうその靴は履かないから、と約束してくれました。

帰りは、スリッパを履いた靴下で自分の靴を履くことはできなかったので、前にも書いたように、あらかじめ二枚履いてきた靴下の外側の一枚を脱ぎ、靴を履きました。脱いだ靴下はビニール袋に入れ、母が自分のカバンに入れてくれました。私はいつも手ブラで、ポケットに、ハンカチや先生への手紙を入れていました。カバンを持ってしまうと、家に帰ってから、そのカバンをどうしたらいいか困るからです。衣類は全部洗濯機で丸洗いできるから安心なのです。だから病院へ行く時は、いつも、Gパンなど、洗濯できるものを着用していました。セーターも手洗いできるものでした。冬のコートなどは、行くたびにクリーニングしてもらっていました。二週間に一度の通院なので、そのたびにクリーニングなのです。今考えると、なんという無駄なのかと思いますが、その時の私にとっては、必要なことだったのです。

バスはいつも何十分も遅れました。その間、畑の脇の高速道路にポツンとある停留所で風に吹かれて待っていました。待合室はありましたが、ベンチには、汚い気がして座れませんし、ガラスも戸も汚らしいので、狭い場所で汚い壁に囲まれていることは気持ちの悪いものでした。それで大抵、外にいましたが、私はいつも憂うつで、とても惨めな気分でした。

その停留所には近くにアリの巣があるらしく、たくさんのアリがさかんに足元のコンクリートの上を、行き来していました。私は日頃、虫一匹つぶせない性分なのですが、ある時、私は足元のアリを片っ端から踏みつぶし始めました。そして気がつくと、そこいら中、おびただしいアリの死骸でいっぱいだったのです。それこそ足の踏み場もないほどで、ゾッとする光景でした。それを見て、私は愕然としました。自分はきっと地獄に堕ちると思い、自分のしたことが恐ろしくなり、こんなことをしないではいられない自分の感情が、本当に惨めでなりませんでした。

バスに乗っている時間は中途半端で、いつも、眠くなる頃に着きました。家に着いたらひと眠りしたいと思うのですが、それはとてもできない相談でした。我が家は、玄関から少し広い板の間があるのですが、外から帰ってお風呂に入るまでは、そこより中へは入れませんでした。私はそこで、着ていたものを全部脱ぎました。自分が汚染されているために、お風呂から上がるまでは、そこより中へ入ってはいけないのです。さすがに母には、そこまで要求できませんでした。着替えてはもらいますが、私がお風呂から上がるまで、板の間で待たせるわけにはいきません。

母がストーブを運んできてくれて、私はその前にしゃがんで、朝のうちに母がにぎっておいてくれたおにぎりを食べました。それが夕食なのです。お茶も飲みましたが、紙コップでした。バスの時間を待つ間に、喫茶店に寄ったりしたので、唇が汚れているのでいつも使うカップなどは、使えないのです（私はいつもお茶を飲むのにもマグカップを使用していました。朝、母が用意してくれる時、取っ手の部分を持ってきます。私は取っ手には触らず、胴体の部分を持つのです。その方が安心なのです。母には申し訳ないことですが、母の手の清潔具合を疑っていたのです）。

この時点で、私はもうクタクタでした。崩れてしまいそうでした。でもお風呂から上がるまでは横になる場所などないし、安らぐことはできません。なんとか勢いをつけて立ち上がり、お風呂に入ります。そして二時間、洗ってこすり続けるのです。この時期、お風呂で何セット洗っていたか思い出せません。思い出すのは、時々、あまりにこすりすぎて、ヒリヒリと痛んだ首や胸の皮膚が、薬を塗っても、翌日になっても痛みがとれず、お風呂に入れないほどになったことです。そういう時は、居間に寝ました。お風呂に入らなくては、自分の部屋には寝られないからです。私の胸の鎖骨のあたりですが、こすりすぎて、かさぶたのようにザラザラになってしまいました。母は、「スベスベしたきれいな肌だったのに、自分で自分の身体を傷つけるようなことをして」と言って嘆きました。

❖――母の献身

私は相変わらず毎日、置物のように座っているだけでした。或いは、横になって目をつぶって何も考えないようにしていました。毎食後の薬は、母がお茶碗の中に錠剤を入れてくれてそれをお箸でつまんで飲むのです。自分で薬の袋や、錠剤の入っているプラスチックのケースに触ることはできませんでした。プラスチックのケースを母はいちいち流水で洗ってくれましたが、それでも触れませんでした。

私は毎日、母を奴隷のようにこき使っていました。自分ではこき使っているなんて自覚はなかったのですが（自分の気持ちだけで精一杯だったので）、母に薬まで飲ませてもらっているのですから、こき使っていたのです、奴隷と同じことです。

母は、M病院に初めて行った時、先生に質問をしました。私の、とても尋常とはいえない要求を、のむべきか、のまざるべきか、私ができないと言っていることを、無理にでもやらせた方が本人のためなのではないかと、母はずっと悩んでいたのです。その時先生は、「本人の言っていることは、他人には絶対分からない。でも本人にとっては重要なことで、無理強いしても逆に反動が出てしまうだけだから、とりあえず本人の言うことを聞いてやってください」と言いました。母はそれを守り、辛抱強く、私の奴隷となり続けました。その前までは、十日に一度くらいの割合で低気圧になり、「もう、いい加減にして」と怒っていたのが、それをしなくなりました。私の方は、この時初めて、「そうか、私の言ってることは他の人には絶対分からないのか」と知りました。それまでは、家族に対して、「どうして私の言うことを分かってくれないの！　当たり前のことなのに！」と思っていたのです。

私は母がお箸を持ってきてくれる時に、その前に何に触ったか、その後手を洗ったか、などを見ていて、もし、何かに触って手を洗わずにお箸を取ろうとすると、「手を洗って！」などと叫んでいました。私は夕食後にプリンなどデザートを食べるのが好きでしたが、そういう時も母がスプーンを取る時を見ていて、「手を洗って！」とやっていたのです。そして母は、私にスプーンを渡した後、プリンのフタまで開けてくれなければならなかったのです。私は、プリンの入れ物など、外側には触れませんでしたから。

母は糖尿病なので、月に一度通院していました。美容院に行くことだってあるし、目医者に行くこともあります。そういう時、帰ってくると、すぐにお風呂に入ってもらいました。でないと、病院の汚れなどが、私に降りかかる気がするのです。母は、帰ってくるとすぐに、お風呂に入ってくれました。そして、その後すぐにお風呂掃除もしてくれました。ずっと後で知ったことですが、糖尿病の人は、お腹のすいている時に、お風呂に入ってはいけなかったのです。低血糖を起こして倒れてしまう危険があるからです。でも母は、帰ってきて一服することもなく、黙ってお風呂に入り、私を安心させてくれていたのでした。

七　頭の中の私

❖――「頭の便秘」

「以前かかっていた先生は、安定剤を中心に処方していたようだから、今度は抗うつ剤を試してみよう」とI先生は言いました。私があんまり「過去の話がしたい、自分がどうしてこうなったか知りたい」と言うので、過去の話をさせてくれて、一応、気が済みました。その後で先生は、「○○さん（私のこと）は、自分の過去に病気になった原因があると思っているみたいだけど、いくらそんな事を考えても、どうせ分からないよ、どうして病気になったか、どうすれば治るのか、考えたって分からないよ。でも、この病気のまま死んだ人はいないから、生きていればいつか治るよ」と言いました。

ある時、私が何を言ったか覚えてませんが、突然先生が、「心理テスト受けたことある？」と聞きました。それで私はロールシャッハの心理テストを受けることになりました。最初の回は、木の絵を描かされました。紙と鉛筆と消しゴムを渡されましたが、私は全く描けませんでした。成人してからもう何年も絵を描いていませんし、いざ、描くように言われても、モデルがありません。「そういえば、木って、どういう風に枝が出ていて、どういう風に葉や実がついていたんだろう」と思うと、「私は木のことを全然知らない」と思って描けなかったのです。とても殺風景な絵になりました。次の回は、インクの染みを見て、何に見えるかを聞かれるのです。これは、一時間ぐらいのテストだと言われましたが、私はもっと時間がかかりました。「疲れたでしょう、このテストはものすごく疲れるんです」と言われましたが、それほどでもありませんでした。

結果は、内と外のバランスが非常に悪い、と言われました。絵が描けなかったからでしょう。ところが、私の心の中の活動は、普通の人の倍以上あるというのです。テストの時、私は遠慮しがちにしか言っていなかったのですが。なるほど、それで私はいつも頭の中が苦しかったのかと思いました。心の中とは、つまり頭の中でしょう。私はいつも、頭の中から外に出たがっているものがたくさんあるのに外に出せない、「頭が便秘だ」という気持ちで苦しかったのです。いつもいつも、言いたいことがたくさんあったのです。

私の病名は、「強迫性障害」で、その症状は、「不潔恐怖」「強迫観念」「強迫行為」「確認行動」などです。しかし、薬のおかげで、外に出ずに家の中にいて、外から何かが入ってきたりしなければ、不潔恐怖の苦しみに日夜さいなまれることはなくなりました。しかし、私は毎日毎日、あるいくつかの考えにとらわれて苦しくて仕方ありませんでした。私はよく、母に、「女の先生と話をしたい」と訴えていましたが、それも、医師といえども、男の人では私の気持ちを理解できないだろうと思っていたからです（それについては後述します）。

❖――「二つの地獄」

I先生は、男性でしたが、私は、気持ちを分かってもらいたくて、よく手紙を書きました。その下書きが、いくつか残っているので、ここにその一つを紹介します。この当時の、私の気持ちです。

私は、先生の質問に、どうしても口が重く、愛想も悪くなってしまいますが、今の状態になって以来、人と話をするとなると、そうなってしまうのです。昔読んだ詩の一節で、こういうのがありました。谷川俊太郎の「からだの中に」という詩です。

からだの中に
深い叫びがあり
口はそれ故につぐまれる

（『これが私の優しさです──谷川俊太郎詩集』集英社文庫）

ちょうど、こんな気分なのです。

私は高校生ぐらいの時から、頭の中が便秘だと感じていました。いつも、何かを表現したいのにできないでいるからです。太陽が出ていれば、太陽が出ていることでソワソワするし、風が吹けば、風が吹いていることで胸が騒いでいました。今のような状態になってからも、そんな焦燥のようなものにおそわれて、気が狂いそうな気分になったりしましたが、一番辛い時は、そういう時とは反対に、自分が空虚だと感じる時です。今まで何をして生きてきたんだろうと思えて、絶望的になります。そして、自分とは何なのか、分からなくなります。私は若い頃、本を読んだり映画や芝居を観たりしていろいろ感じたり考えたりすることが好きでしたが、そういうことは、人間の精神を耕して豊かにしてくれるものだと信じていたのです。でも今は、すべてが無駄事に思えてどうしようもないのです。私は毎日、何もせずに置物のように座っています。何もしたくないし、何も考えたくないのです。でも、座っていると、つまらないことをずっと考えているのです。外が毎日、雨ならいいと思います。晴れていると、こうして毎日人生を浪費しているというプレッシャーを感じます。ずっと、午前中に起きるのが嫌で、昼まで寝ていました。朝が嫌いだし、一日が長くて、時間をもて余すからです。先生のところに通うようになって、薬を飲み出したら、なんとなく眠いので、かえって助かっていました。眠って何も考えない時の方が、幸せだからです。でも今日は、朝九時に起きてしまい、これを書いています。午後が長いので、困ったなあと思います。昨日（土曜日）は一日中アメーバのようでした。金曜日に病院まで往復した翌日は、身体中ぐったり疲れすぎてしまい、どうにもこうにも動くことができません。日課のお風呂掃除さえ、夕方までずるずると、取りかかれません。ろくに声も出せず、必要なことだけしか話しませんが（いつもですけど）、それさえも、息だけになってしまったりします。身体の中から声を押し出してくるポンプが、お腹のずっと下の方に下がりきってしまっていて、それを押し上げてくるエネルギーがないのです。

文中の、「つまらないことをずっと考えている」の「つまらないこと」とは何だったのか、今でははっきり思い出せません。しかし、印象に残っているのは、二つの、ある地獄を行ったり来たりしていたことです。

一つの地獄とは、自分を責める地獄です。とうに忘れていたような、昔自分がしてしまったことを思い出しては、申し訳なかった、なんというひどいことをしてしまったんだ、と悔やむのです。例えば、こんなことです。一度も思い出したことのなかった、十年も前のことです。

ある人と一緒に歩いていて、その人が「フラッぺ食べない？」と言いました。私はどちらでもいいという感じで歩いていましたが、その人が喫茶店の前で、「フラッぺ食べよ、ね、食べよう」と言ったので、中に入りました。ところが私はメニューを見ていて、急に、ところ天が食べたいと思いました。そして、ところ天を注文すると、その人もところ天を注文したのです。あれ、フラッペじゃなかったの？　と思いましたが、その時は気にしませんでした。それを十年経って初めて思い出し、「ああ、あの人はあんなにフラッペを食べたがっていたのに、私がところ天を注文してしまったために、あの人は一人でフラッペを食べるわけにもいかず、ところ天を食べたのだ。あの人がフラッペを食べられなかったのは私のせいだ。何という悪いことをしてしまったのだ」と考え、申し訳なくて涙がとめどなく流れてくるのです。そういう些細な忘れ去っていたようなことを一つひとつ思い出し、自分は悪党だ、と自分を責めるのです。

もう一つの地獄は、一変して、他人に対する恨みの地獄です。「あの時は、あんなことを言われて悔しかった、言い返せば良かった、今からでもあの時に戻って言い返したい」という感じです。他人を恨んだらきりがありません。それを、小学校時代や、幼稚園時代までさかのぼって恨むのですから、本当にきりがありません。

私は毎晩のように、この二つの地獄を行ったり来たりして泣いたり怒ったりしていたのです。そして、こんなことを書くのは、はばかられますが、本当に、死んでしまえるのなら死んでしまいたいと、泣きながら思っていたのです。しかし、やはり、死ぬのは恐ろしいのでした。昔、見たことのある地獄絵図などが脳裏に浮かび、地獄って、本当にあるのだろうか、自殺したら地獄へ行くって本当だろうかと、真剣に考えてしまうのです。そして、本当に、地獄が恐ろしくて死ねなかったのです。

また、もう少し元気な時は、自殺するような女に自らなりたくない（この意味は後で分かります）と思ったりしたものです。

❖――犯罪に対する憎しみ

私は、「二つの地獄」以外にも、ある二つの考えにとらわれて、それが苦しくてなりませんでした。その一つが犯罪に対する強い憎しみです。犯罪に対する怒りは必要ですが、私は犯罪者そのものが、憎くて仕方ないのです。

私が子供の頃、銀行強盗の立てこもり事件がありました。犯人の男は、銃を持って、抵抗した行員一人を射殺し、大勢の行員を人質に取りました。母親の説得にも応じず、結局犯人は警官隊に射殺されて事件は終わりました。テレビ中継を見ながら、その時私が感じていたことは、犯人とその老いた母親への同情でした。こんな悪いことをしでかしてしまって、悪人になってしまった、誰からも責められる「悪い人」になってしまった、その人生は、死よりも辛いと思ったのです。「善人」として名誉ある死を迎えた方が、世界を敵に回してさげすまれるよりましだと、思っていたようです。

しかし、今の私には、その当時の自分の気持ちを、実感をもって思い出すことはできません。今の私が犯人に対して感じるのは、人の命を奪った暴力者への憎しみだけだからです。子供の頃に犯罪者に対して感じていた哀れみの気持ちが、現在の私には全く理解できないものになっています。今の私は、犯罪者が憎くて憎くてたまりません。滅茶苦茶に腹が立つのです。「罪を憎んで人を憎まず」ということが、私には納得がいきません。犯罪を憎むあまり、犯罪者にも強い憎しみを抑えることができません。今の恵まれた日本で、犯罪を犯す人はジャン・バルジャンではあり得ません。犯罪はすべて社会でなく本人が悪いのだと思っています。物質ばかり豊かになって、しかも不況の折、一年に自殺者が三万人を超える現在の日本が完璧だとは思っていませんが、ジャン・バルジャンのような哀れな人を生む土壌だとも思えないということです。「衣食足りて礼節を知る」の衣食は足りていると思うのです。この社会で犯罪に走る人は、やはり本人の心がけが悪いのだと、私には思えてならないのです。

犯罪者が少年であっても、気持ちは同じです。少年時代に殺人を犯した人が、少年法で裁かれて刑期を終えて出所し、今では家庭を持ち、子供もいる、などという話を聞くと、許せない、と思います。「少年法」といいますが、人を殺してはいけない、などということは小学校一年生でも知っています。幼い子供でも、死ぬのは恐ろしい、命は大切だ、ということは知っているからです。それが、法律通りに刑期を終えたから幸せになる権利があるとは、私にはとても思えません。人を殺した人間は、たとえ法律で決められた刑期を終えても、償いが済んだとは思えません。殺された人のことを思えば、生きている限り、死ぬまで苦しむべきだと思います。結婚したり、子供を持つのは幸せになるための欲望です。その人は、自分が人並みに幸せになっていいと思っているのかと思うと、「本当に反省しているのか」と疑ってしまいます。

私は、犯罪者を憎む気持ちが抑えられず、映画などでも、犯罪者を主人公にした映画は、どんなに評価が高くても、観ることができなくなってしまいました。子供の頃テレビで観て好きだった、ジョージ・ロイ・ヒル監督の『明日に向って撃て！』さえ、嫌になってしまいました。

犯罪を憎む気持ちは変わりませんが、今これを書きながら、こんなに激しく人を憎む自分を、恐ろしくも感じています。私には、そんなに激しく人を憎む権利が果たしてあるのだろうかと。

M病院に通っていた頃、I医師にあてた、こんな手紙があります。少し焦点がズレていますが、この混乱も、この頃の私の心理状態を表しているので、そのまま写します。

教育テレビの『未来潮流』を観ました。頭が混乱してしまいました。少年をめぐる犯罪について、知識人がいろんなことを言いますが、心理学者とかが、「今時の若者」について、例えば、「人間関係の複雑さ、曖昧さに耐える力がない」などと非難するとします。すると、私には、自分は今時の若者という年齢でないにもかかわらず、その非難が、自分に向けられているように思えて、だから、自分は、こんな風に生きてきて、今、こんなことをやっているんだ、と落ちこんで仕方がないのです。自分も、若い子たちが怖い、と思っているいわゆる「大人サイド」の人間のくせに、若者たちに向けられるそうした悪い指摘は、全部、自分にあてはまると感じてしまうのです。

今回の番組の場合、意見は少年の味方でした。分かるところ、共感できるところもあって面白かったけれど、ひっかかるところもあった。多分、私には難しすぎて、全部は理解できないのだろうと思いましたが、一つの見解だけでは、通用しない問題だからかとも思います。少年問題は、やはり、「社会の鏡」だろうから、少年を分析して問題を指摘するのもいいけど、まず、少年の犯罪者については、社会（大人）の犠牲者とみるべきなのかもしれません。でも、そういう立場に立った人の意見を聞いていると、今の社会や教育現場では、「おかしくならない子の方がおかしい」と言っていたりする。でも、現に、犯罪に走らず、真面目にやっている子もいるのに、そういう子たちはおかしいのか、それはひどいんじゃないか、と思ったりします。それに、これって、つきつめていくと、「犯罪者（大人も含む）は皆、社会の犠牲者」になってしまって、誰が悪いのか、何が悪いのか、どんどん分からなくなってしまう。例えば、ビリー・ミリガンのように、「犯罪者は（少年時代に）もと被害者だった」というと、実はその時の「加害者」も、おそらく「（少年時代に）もと被害者だった」のだろうということになって、外国のどこかの刑務所では、受刑者にセラピーを行って、「悪の連鎖を断ち切る」というようなことをやっているし、こうなると、「罪を憎んで人を憎まず」という言葉が、真実としか思えなくなってきます。虐待を受けていた人が、他者に同じことをしてしまうのだと聞くと、パズルが解けたみたいに、なるほどと感心してしまい、確かに生まれたばかりの赤ちゃんは、皆清らかとしか思えないし、性善説を信じるしかなくなりそうです。犯罪者を憎むのは間違いだということになります。

しかし、私は、犯罪者を憎む気持ちをやめられません。特に、私には、殺人などの凶悪な犯罪を犯した人間に対して、激しい憎しみがあって、人を殺した人間を、たとえ、それが少年であっても、許せない。例の、妙な偏見もあって（注、これについては後述）、犠牲者が女性だったりすると、「女性教師を殺した少年は、あの時、教師が男性でも刺したかな」などと勘ぐって、横道にそれてしまったりします。昨日も、有線で流れていたニュースが耳に入り、「交際を拒まれて、その女性を襲い、通報されて逮捕されたが、出所後、報復のためにその女性を殺した」という男が、死刑を求刑されたと言っていました。私は、その男に対し、激しい憎しみと怒りを抱き、「死刑だけじゃ足りないけど、それより重い刑はないから、絶対今すぐ死刑じゃないと納得できない」と思いました。「人間を憎むのは間違い」と言われても、憎しみをどうすることもできない私は、いつもここで頭がショートしてしまいます。

今、神経症なんかやっている私は、犯罪者と同じ立場なのでしょうか。法に触れるようなことを、したかしないかの違いだけで、実は人に危害を加える獣のような犯罪者と、大差ないのでしょうか。それを考えると、とても恐ろしいのです。犯罪者は皆、心を病んだために凶行に走るとしたら、そういうことになりはしませんか。私としては、自分を弁護するしないにかかわらず、犯罪者を、皆、ジャン・バルジャンと同じに解釈することは変じゃないかと思ったりするのです。どうしても納得がいかなくて。でも、もちろん、自分を、罪が一切ない人間と考えているわけでもありません。過去にたくさん罪を犯してきたし、現在も犯しつつあると思いますけれど。

今では強迫性障害は、脳の神経の機能障害ではないかと考えられていますが、当時の私はまだそんなことは知りませんでした。自分がもし心を病んでいるのなら、憎むべき犯罪者と、自分が、区別ないと考えることは、私にとって本当に辛いことでした。

八　サディズムと私

❖——サディズムへの嫌悪

不潔恐怖とは別に、私には、自分自身を辛くさせ、周囲の人々をも不愉快にさせてしまう問題があります。いくつかの、ある物事について、過剰反応してしまうのです。その種は、昔から自分の中にあったものなのですが、普通は、自然に感情のバランスをとるものです。例えば、自分にとって嫌な気分にさせる何かが話題になっても、そこから適当に気をそらせたりすることを、皆が当たり前にやっています。子供の頃から、私もそれができていたはずなのに、ある時期から、とても困難になり、ついには自分を抑えられなくなりました。居間でテレビを観ていて、事件や火事や事故など、犠牲者の出た悲惨なニュースなどが出てくると、目をそらせるだけでは足りず、耳までふさいでしまいます。それだけならいいのですが、不潔恐怖のために、「今は手が汚れていて耳を触れない（耳まで汚れてしまうから）」という状況の時は、リモコンにも、もちろん触れないので、家族の誰かに、音を消すか、テレビを消すかしてもらわなくてはなりません。その間にも耳に情報は入ってきてしまうので、大声で「消して！　消して！」と大騒ぎする破目になります。目や耳に入った情報が不愉快なものほど、頭に焼きついてしまうので、私には、それがとても恐ろしいのです。でも周囲にいる家族は、たまったものではありません。気が狂ったように「嫌！　嫌！　早く消して！」と私に叫ばれると、彼らは彼らで、不愉快でたまらないそうです。

私が非常に不愉快に感じる、憎くて憎くて許せないものは二つあります。一つはすでに述べた犯罪者、もう一つは、女性に対するサディズムです。この二つについて、特に後者については、私はとても尋常ではいられません。このことに少し触れたI先生への手紙の控えがあります。

市の文化会館で、お芝居をやるので、父と母が出掛けて行きました。どうせ私は出掛けたくないので、演目を知りませんでした。母が出掛ける支度をしながら「『曽我兄弟』だから、泣くかもしれないから、ハンカチ忘れないようにしなきゃ」と言っているのを聞いて『曽我兄弟』なら観たかったな、と思いました。でも、それからではとても外出する心の準備が間に合わないので、やはり、行きませんでした。今は、通院のために、二週間に一度、出掛けるので、それ以上の外出というのは、ちょっと難しいのです。一度出掛けると、その後三日くらいは絶対洗濯できない（身体がきれいになりきっていないから）とか、面倒臭い事情が、いろいろあります。当日になってから、外出を決めるなど、とてもできません。

どうして『曽我兄弟』なら観たいかというと、特に理由があるわけでもなく、今時めずらしいからです。私もちょっと本で読んだことがあるくらいで、よくは知りませんが、歌舞伎でも何でも、忠臣蔵に水をあけられていて、気の毒だと思うからです。同じ仇討ちでも、「日本人の忠臣蔵好き」が、私は大嫌いだからです。「日本人演出のハムレット」と同じくらい、嫌気がさしています。実録のような忠臣蔵なら、まだ観てもいいかと思いますが。例えば討ち入り当夜、吉良邸には女性は一人もいなかったのに、ドラマやなんかだと、女が出てきて「キャー」とかやらせます。過去に大河ドラマでは、討ち入りの時に女の人が殺されたことがあります。日本人演出の日本人女優のオフィーリアと同じくらいムカつきます。日本人が作るオフィーリアは、狂気を美化しすぎた悪趣味です。日本人は、女の犠牲者が大好きなのです。日本人だけじゃないけれど、日本人は、ドップリサド男とマゾ女の集団なのです。

相変わらず民放とニュースが観られません。ニュースは番組の間に出てきてしまうので、観る時もあるのですが、そういう時に限って、嫌なニュースを言っていました。毎日どこかで男が女性を殺している気がします。久しぶりに民放をつけてみたら、男が女性に暴力をふるっているところがちょうど出てきてしまい、私は気が狂いそうになってヤケ食いをしてしまいました。最近は食欲があって、こういう嫌なものを観てしまったりした時などは、頭の中で、「嫌」というシンバルがジャンジャン鳴っているみたいで、どうしようもなくなって、食べることでまぎらわそうとしてしまいます。この「サド男とマゾ女」に対する極端な拒絶反応が毎日毎時毎分毎秒私を苦しめて、時々叫びたくなります。この件について口にするのも嫌で、人に伝えることは困難です。今まで誰にも言えず、姉だけが知っていて、私のことをとても変だと言います。

今、部屋の中が暖かいために、花瓶にさした椿が開いて、きれいなのですが、「あぁ、椿がきれいだな」と素直に心に思うことができません。どうしても、邪魔が入るのです。大嫌いな、小デュマによる有名な駄作『◯姫』を思い出してしまうのです。菊の花もそうです。小菊やスプレー菊が咲いたのを見て、花自体は好きなのに、「あぁ、きれいだな」と気持ち良く思うことができません。伊◯◯◯夫が書いた、日本人たちが好きでたまらない、そして私が大嫌いでたまらない、有名な駄作『野◯◯墓』を思い出すからです。どこにもかしこにも、邪魔が入るのです。本当は、その花をきれいだと思っているのに。きれいだね、と言ってやりたいのに。

この時の、『曽我兄弟』というのは、母の記憶違いで、実は『山◯大夫』だったのです。観に行かなくて正解でした。私は小学校一年生の頃、『◯◯と厨子王』を読んで、女性ばかり死んだり不幸になって、男の厨子王だけが幸せになるなんて厨子王はずるい、と思ったのを覚えています。『山◯大夫』は、子供向けじゃないから、もっと残酷です。私には、それを観るなんて、耐えられません。

❖——テレビの中のサディズム

なぜ、この問題について書くのかというと、私の、「女性へのサディズム」への憎しみ、怒り、嫌悪が、強迫性障害の症状の悪化と、比例しているとしか思えないからです。この問題になると、感情が尋常じゃなくなり、パニックになってしまうのです。

私がこの話をすると、医師たちは皆、ポカンとします。私の言っているようなことを言う患者は見たことがないらしいのです。でも私は、辛くて辛くてたまらないので、言っても仕方のないことなのですが、医師に訴え続けました。外出しない限り、不潔恐怖の苦しみは薬によって軽減されます。しかし、こちらはそうはいかないのです。

東京で暮らしていた頃は、お芝居でも映画でも何でも、自分の観たいものを観られる自由がありました。私は、例えばゲイ・ムービーなど、マイナーなものが好きで、単館（ミニシアター）によく出掛けたものでした。好きな芝居を観たり、好きな絵を観たりして、精神の満足を得ることができました。東京に住んでいる時は、周囲はどうであろうと、自分の好きなカルチャー中心に生活できるのです。

しかし、田舎に帰ってくると、そうはいきません。田舎暮らしでは、いわばテレビが、社会の窓となってしまうきらいがあります。東京では全く平気だったというわけではありませんが、田舎の方がひどいということです。テレビから大量に流される大衆文化、その中には大量の「女性に対するサディズム」が氾濫しているのです。

私はテレビの情報をＮＨＫのテレビ情報誌『ステラ』で得ていました。何か面白い番組はないかと探していると、ＮＨＫも含めた民放などのドラマの情報が目に入ってしまいます。「この番組はヤバイ」と思っても、記事がどこに載っているか分かりませんから、目に入ってしまうことがあるのです。すると、特に民法の連ドラなど、しょっちゅう女の人が殺されたり、病気だったり、乱暴されたりしているのです（制作者の、登場人物に対する乱暴も含む）。うっかり民放をつけると、ＣＭになって、大嫌いなマゾ女優（死んだり病気だったり障害者だったりする役の多い人を私はそう呼んで嫌っていました）が出てきて、嫌なことを、（女性に対するサディズムを）思い出させます。私は頭が苦しくて仕方ありませんでした。私はどんどん追いつめられていきました。私の考えはこうでした。

❖――女性の死ぬ話

私は子供の頃からなぜか女の死ぬ話が嫌いでした。でも世間には、女の死ぬ話の方が多いと気づいたのは中学に入学した頃です。古典のラブストーリーで殺されるのは、いつも女の方です。人気のあるオペラ『椿姫』『カルメン』『蝶々夫人』『ラ・ボエーム』『リゴレット』、古典バレエの『ジゼル』『ラ・シルフィード』など、皆、女が死にます。『アイーダ』『セオドーラ』など、めずらしく男が女のために死んでくれると思ったら、「あなただけ死なせはしない」と、結局女も一緒に死んでしまいます。アンデルセンも『人魚姫』『マッチ売りの少女』と、女ばかり犠牲になるし、ノーベル賞作家ジイドも、『狭き門』『田園交響楽』と、女を殺すのが好きです。チャイコフスキーも女に冷たくて、原作で死なない女をオペラでは殺してしまうし、古典小説の世界では、浮気をした女は皆、『クレーヴの奥方』『ボヴァリー夫人』『アンナ・カレーニナ』など、死をもって、償わされます。『肉体の悪魔』も『アドルフ』も『マノン・レスコー』も、都合よく女が死んでしまうし、男だけ死んで女が生き延びる古典はほとんどない。『シラノ・ド・ベルジュラック』などめずらしい例ですが、クリスチャンは脇役だし、シラノは醜男。せっかく男が死ぬ『オンディーヌ』も、日本人が創作カブキにしたら、女も一緒に心中してしまって、ひどい作品でした。

洋の東西を問わず古典は皆そうですが、現代でもアジアは依然としてその状態にあります。中国映画はコメディー以外、いつも女が不幸で死んだりするし、だから中国を代表する女優コ○・○○は、死んでばっかり。欧米の映画やドラマでは、エイズ患者は男女両方出てくるけれど、日本の映画やドラマは女ばっかり（映画『秋○』『私を○○○そして○○して』あと、金○武の日本連ドラ初主演作品など）。薬害エイズの犠牲者で一番思いつきやすいのは血友病の人だから男性のはずなのに、病人の大好きな日本のドラマに血友病患者が出てこないのは患者が男性に限られているからで、もし女性の患者もいる病気だったら、とっくにラブストーリーに使われていたでしょう。ゴースト物もそうです。欧米の映画やドラマのゴーストは、男も女もいますが、日本のゴーストは女ばかり。劇団四季の『夢○○○○○○』も、主役の幽霊は少女だし（劇団四季のオリジナル・ミュージカルで死ぬのも女の方が多い）、赤○○○の『ふ○○○』も、映画になったりドラマになったり大人気だし、そういえば、四季の『夢○○○○○○』も、赤○○○の原作です。よほど女性に対してサディズムが強いのでしょう。音○座のオリジナル・ミュージカルにもそういうのがありました。古典や歴史物でも、女の死人はたくさんいるのに、まだ足りないらしく、せっかく男で早死にした人がいると、「実は女だった」ことにして、またも女を殺そうとします。音○座は、モーツァルトを女にして殺したし、人気者のつ○○○○は沖田総司を女にしてしまった。はては、女優がハムレットを演じたりする例もあります。観たことはないけど（シェイクスピアは、この点については、男女公平だったのに。シェイクスピアの悲劇では、カップルの片方が死んだら、もう片方も必ず死にます）。

こうした女性に対するサディズムは、女性に対する評価の低さ（女性蔑視）と比例しています。だから古典では女ばかりがよく死ぬし、現代でもアジアではそうしたものが歓迎されるのです。ある年の年末年始、ＮＨＫでは、大晦日に女の子が死ぬ映画（アジア制作）を放送し、元日にも女の子の死ぬ映画（アジア制作）を放送し、その上、女の子の死ぬドラマ（ＮＨＫ制作）を放送したので、私は気が狂いそうになってしまいました。

日本の難病映画の世界もそうです。大昔の『○○○○みつめて』みたいなものがいつまでも受けるのです。これも死ぬのは女です。男女の立場が逆なら、こんなに受けないでしょう。

九五年の松竹で、ある映画が作られました。嫌いなものばかり書いているこの手記に、その題名を書くと、汚《けが》れてしまいそうなので、仮に『作品A』としましょう。『作品A』は、日本ではとてもめずらしい映画で、病死するのは男の子なのです。十七歳の少年少女のラブストーリーで、男の子の病気と死が中心に置かれていて、彼を愛した少女が彼の死を見届けてその後を生きてゆくというこの物語は、私にとって、とてもフェミニズムに思えるのです。主人公以外にも何人かの死が描かれますが、全部男なのです。芸術的に完成度の高い作品ではありませんが、私にとっては、それだけで、充分価値があると思えるのです。ところが、というよりやっぱり、その映画は全然受けなかったのです。批評家からも観客からも無視されて、劇場には、カンコ鳥が鳴いていました。制作する時も、映画会社のエライ人たちから反対されたそうです。悔しいのですが、男の子が死ぬのでは受けないのです。死ぬのは女じゃないとダメなのです。そういう社会なのです。

〝ラブストーリーで死ぬのは女〟という不文律は、日本の芸能界で脈々と受け継がれているといっていいでしょう。民放最高視聴率をとった、キ○○クが美容師をしていたドラマがいい例です。「バリアフリーを描いたから（いいドラマだから）皆が観たのだ」と書いてあるコラムを読みましたが、人間はそんなに真面目じゃありません。自分の観たいものがそこにあるから観るのです。ヒロインの助命嘆願が殺到したといわれていますが、そんな人は氷山の一角で、水面下のほとんどの視聴者は、ヒロインが死ぬのを楽しんで酔っていたのでしょう。まず、そのドラマを観た動機が問題です。人気女優が車椅子でなくても、皆がチャンネルを合わせたでしょうか。日本のドラマでは、ヒロインが病気や身体障害者だと、それだけで視聴者に受けるし、死ぬ役をやった女優はブレイクしたり、また、ブレイクすると死ぬ役をやったりします。男の子は、美少年で人気が出ても、それで死ぬ役をやるわけではありませんが、女の子は美少女で人気が出ると、二十歳までに、必ず死ぬ役を経験します。脇役でも、病気の妹、障害者の妹、入院している妹、などの設定が驚くほど多くあります。いつも話題になるＮＨＫの大河ドラマは、きれいな女優さんを、二役で使って二役とも殺すという伝統があります。一人の女優を二度殺して二度楽しむという悪習です。

よくあるシーンですが、出産のシーンなども苦手です。女性のすばらしさ、苦労を描くのだと人は言うでしょう。でも私は、女性が身体的に苦しむのを、作り手が見たいのではないか、と勘ぐってしまうし、実際にそういうこともないとは言えないでしょう。それで私は年がら年中目や耳をふさいで、それでも入ってきてしまう情報に、嫌な気持ちにさせられているのです。

これは日本に限った話ではありませんが、女が死ぬ話ほど、評価が高くなってしまう現実もあります。オペラやミュージカルなら、女が死ぬと音楽も良いのです。映画やドラマでも、女が死ぬ内容だと監督の腕が良かったりしてしまうのです。人類は、女を殺す時にその才能を発揮するのでしょうか。日本には、女を殺す映画の時だけ評価の高い監督もいます。下手な鉄砲数撃ちゃ当たるじゃありませんが、女の死ぬ話の方が多いから、確率からいって、そういうドラマが評価される機会があって、当たり前なのかもしれません。最近、韓国ドラマが流行ですが、韓国においては、この傾向は日本よりひどいくらいです。

女性の評価の低い文化圏では、男社会から洗脳されて、ほとんどの女性がマゾになってしまいます。日本人も、男女を問わず、いつまでたっても『野○○墓』なんかが大好きです。その中で、そういうものが嫌いな私は、明らかに異端者でしょう。それは仕方のないことです。自分の好みを変えることなどできませんし、また、そんなこと、したくもありません。

❖――ゲイ・ムービーの世界

若い頃は、ヘッセの世界に逃げ込んだりして、気持ちのバランスをとっていました。また、子供の頃には、少女マンガの少年愛物が好きでした。数年前、日本独特の文化であ少女マンガについて研究しているアメリカの学者が、「なぜ日本の少女たちは少年愛にハマるのか」について、テレビで語っているのを見ました。彼は、「日本の少女たちは、社会において、自分たちの置かれている状況について、不満を持っているのではないか」と言っていました。その時は、「そこまで考えてないでしょ」と聞き流しましたが、後でよく考えると、少なくとも私には当てはまる、と思いました。だから、私は、ゲイ・カルチャーが好きなのかもしれない。ゲイ・ムービーなどには、女性へのサディズムは出てこないので、観ていて安心なのは確かです。だから、東京で暮らしていた頃は、自分の好きなカルチャー中心の生活ができるので、今より気持ちのバランスがとれていたのでしょう。田舎に住んで、テレビが社会を見る「窓」になってしまうと、嫌でも、大衆文化としての女性に対するサディズムの氾濫を目のあたりにしなくてはならなくなり、私はだんだんテレビやいろいろな情報に対し、目や耳をふさぐことが増えていったのです。

私は、自分の考えがそれほど的外れだとは思っていません。少し極端だとは思いますが。しかし、それで日夜苦しくてパニックになるのは普通じゃありません。私の状態は、明らかに病的です。だからここに書くのです。私の考えが病気なのではなく、とらわれすぎて感情のコントロールがきかなくなってしまうのが問題なのです。女性に対するサディズムを観てしまったり聞いてしまったりした時は、私は必ずその後に、『作品A』を観ていました。全部観なくても、一部分でいいのです。そうすることで、お清めとしていたのです。いわゆる禊《みそぎ》です。

病院に通うために外出すると、車の中から、つい外を見ます。ある時は、とてもよく目につくところに英会話スクールのポスターが何カ所も貼ってあって、ついに目に入ってしまいました。その時は、モデルは金○武でした。すると、そこからドラマを思い出し、「皆がエイズの女の子を見て喜んでいる」と感じて、辛くてたまらなくなったものです。

❖――ミュージカルの中のサディズム

『レント』というミュージカルがあります。『ラ・ボエーム』の現代版だというので、気がすすまなかったのですが、好きな役者さんが出ていたので観ました。そして、とても胸を打たれて帰ってきました。

ヒロインの○○は、ドラッグはやるし、ＳＭショーで働くし、なんでそんな自堕落な生活をしているのか分かりませんが、エイズです。ヒロインと愛し合うロジャーも、ＨＩＶポジティブです。狂言回しのマークが、ロジャーの前の恋人がエイズを苦にして自殺したと説明するのを聞くのも嫌でした。マークやベニーが、ヒロインに「病院へ行けよ」と言ったり、「彼女には時間がない」と言ったりするのを聞くのも本当に嫌でした。クライマックスで、私の好きな曲のシーンの直後に、死にかけたヒロインが登場するのも、ものすごく嫌でした。ところが、先に書いたように、私は感動してしまったのです。ミュージカルというのは、オペラと同じで結局、音楽が勝負です。『蝶々夫人』のストーリーがどんなに馬鹿馬鹿しくても、プッチーニの音楽によって、身体が勝手に感動してしまいます。

『レント』でも、同じことが起こるのです。ヒロインの歌の時でさえ、「こんな自堕落な女にそんなこと言われたくない」と思いながらも、身体が勝手に感動してしまいます。ラストでは、心臓がビリビリと感電したようになって、いつまでも、音楽の余韻にひたることになります。感動してしまった以上、いい作品だと認めざるを得ません。でも、ヒロインのことが嫌いで嫌いでどうしようもないのです。音楽はすばらしいけれど内容が気に入らない。その間で私はいつも引き裂かれるのです。

『レ・ミゼラブル』という有名なミュージカルがあります。もう、お分かりでしょう。そうです、私はフ〇〇〇ヌとエ〇〇〇ヌが嫌いなのです。フ〇〇〇ヌはコゼットの母親なので仕方ないのですが、エ〇〇〇ヌは、出てこなくても話は成立します。でも皆は女の犠牲者が好きだし、彼女の歌う曲は有名です。私はもともと、この小説では、学生たちの部分が好きで、アンジョルラスとか、ガブローシュなんかが好きです。このミュージカルでも、そこの部分は音楽も好きです。もともと小説の段階から扱いが大きいエ〇〇〇ヌですが、彼女がいなければ、どんなにせいせいするか分かりません。しかも、このミュージカルでは、最後に主人公ジャン・バルジャンの両側に、この女たちが立っています。それには意味があるのですが、私は男の弾丸《たま》よけになる女なんて、どうしても嫌いで、アンジヨルラスやガブローシュがいくら好きでも、フ○○○○ヌやエ○○○ヌを観るのが嫌なために、二度と観に行けないのです。小説では好きな部分だけ読めますけどね。実際、小説の方が好きなことは好きですが。

『ラ・マンチャの男』という名作ミュージカルがあります。ラストシーンで歌われる『見果てぬ夢』には感動してしまいます。でも、これも、二度と観に行けないのです。女性が、ケダモノのような男たちに乱暴されるシーンがあるからです。私はそのシーンを、劇場の二階席から観ていて、ものすごくショックを受けました。そのシーンは、ストーリー上、重要な意味があるのですが、そのショッキングなシーンを、再び観るのは、私には耐えられないのです。

このように、私は、女性に対するサディズムに過剰反応なために、随分、損をしていると思います。作品を作品として楽しむことを邪魔されてしまうからです。

女性に対するサディズムが嫌いなこと、それ自体は悪いことだと思いませんが、生活の中で、そのために不愉快になってしまうことが多すぎて、自分で自分を辛くさせているのです。

❖――フェミニズム後進国

M病院のI先生は、よく話を聞いてくれましたが、この問題ばかりは、どうしようもありませんでした。自分でもそれは分かっているのですが、訴えずにはいられませんでした。それまで口にもできなかったことや日記にも書けなかったことを、やっと話せるようになったのです。なぜかそれまで、女性に対するサディズムが嫌いだと、どうしても言語化して表現することができませんでした。今回の手記でもお分かりのように、どうしても嫌いで字を書くのも嫌で仕方がない名前など、伏せ字になっています。

こうなったからには、おそらく一生、「女が死ぬ話は嫌いなの」と言い続けるでしょう。でもそれ以上は、どうしようもないでしょう。

今の私はドラマをほとんど観ません。もともとは、本を読んだりお芝居を観たりするのと同じように、ドラマを観ることは好きだったのですが、観て不愉快になることに耐えられなくなったのです。ドラマを観ることに、大変消極的になりました。

別にドラマなど観なくてもいいのですが、私は自分に少し後ろめたさを感じています。

良い作品でも、「女が死ぬから嫌だ」と思って、その理由を、全部フェミニズムの問題のせいにして、作品を否定してしまうことも事実だからです。

数年前、大評判になったNHKの『大〇〇子』というドラマがありました。今でも語り草になるほどの評判でした。私は、制作ニュースの段階では、このドラマを観るつもりでした。原作が山崎豊子で、制作演出が岡崎栄なら、いいドラマに決まっている、と思ったからです。しかし、放送が近づいて、『ステラ』に詳しいストーリーなどの情報が載ると、私はショックを受け、観るのをやめました。家族が観ているのを邪魔するほどでした。主人公の家族のうち、女は皆死んで男だけが生き残るのが許せなかったのです。ドラマの最初の方を少しだけ観ましたが、私が観たシーンは感動的でした。それでも私はこのドラマが許せないし、人々がこのドラマを好きだということが許せないのです。女が死ぬのを喜んで観ていたのだろうと思ってしまうのです。でも本当は、そんなことはどうでもいいことです。人のことなど構わなければいいのだし、問題なのは、私が、自分が女の死ぬのが嫌いだからといって、全部を、日本やアジアがフェミニズム後進国であるせいにしてしまうことです。

アジアが、フェミニズム後進国で悲劇のヒロインが好まれ、女がよく殺されるのは事実です。でも全部そのせいにしてしまうのは、本当は無理があります。そう分かっていながら、女の死ぬ話に目や耳をふさがなくてはならない私なのです。『大○○子』が、何年も経っても忘れ去られないのは、私にとって、本当に苛々させられることです。そしてそのたびに、後ろめたさも感じているのです。

こうして私はテレビドラマをなるべく観ず、目を閉じ、耳を閉じて若い女優さんを覚えないようにしています。若い女優さんを見ると、「死ぬ役をやるんじゃないか」と思って心配になり、それだけで不愉快になってしまうからです。

九　入院中の私

❖──入院の準備

　I先生のところに一年半ぐらい通ううちに、私には二つの進歩がありました。それまで私は、一度居間などに行くと、もうお風呂から上がるまで、二階の自分の部屋に入ることはできませんでした。汚れを持ち込んでしまうと思っていたからです。それが、何か特別汚れると思うことをする前は、部屋に入ることができるようになりました。

　もう一つは、食後の食器洗いです。私は、洗面所の洗面台を自分専用にしていたので、家族は皆、台所の流し台で手を洗うことを余儀なくされます。外から帰ってきてからも洗うし、父親も当然そこで洗います。私は、洗面所以外は汚れていると思って使えません。

それで私は、台所の流し台には、近づくこともできませんでした。汚れる気がしたからです。でも私は、もともと食器洗いが好きでした。洗濯とか、洗い物が好きなのです。母の苦労も感じていました。一日中、私に振り回され、奴隷にされ、こき使われて、夕食が済むと母はウトウトうたた寝をします。私が入浴する頃に、母は食器を洗い始めます。そんな母が可哀想でした。私がかわりに洗ってやりたい、と何度も思いました。それが、できるようになったのです。夕食後だけですが、手袋をしてやるのです。手袋をすると、食器洗いの他、自分でプリンのフタを開けるなど、できることが増えました。

先生は、私に元気が出てきたと思ったようです。それで行動療法を試してみないかと言われました。そのために、大学病院に新しくできた入院施設があるから、紹介してくれると言うのです。入院だなんて、一年前ならとても考えられないことでした。ホテルでも、くつろげない私です。病院に寝泊まりするなんて、恐ろしいことでした。しかし、やはり元気が出てきたためでしょう。治りたいという気持ちも強くなってきたためでしょう。勇気を出して、やってみようかと思いました。少し怖かったけれど、紹介をお願いしました。入院するかどうか決める前に、下見をさせてもらい、新しいきれいな施設であることを確認しました。

入院の準備は大変でした。普段家で着ている下着や服、タオルなどを病院で使うのは嫌だったので、すべて入院用に新しく買いました。私は毎日すべて取り替えないと気が済まないので、量が多いのです。病院にはコインランドリーがありましたが、私は使えません。せっかく行動療法するわけですが、病気になる前からコインランドリーは使えなかったし、どうしても抵抗があるので、母に洗濯物を取りに来てもらうことにしました。遠いので、一応二週間分は用意しました。それから日中は、パジャマでなく普段着のようなものを着ているということだったので、買い物は十万円を超えていました。

❖──行動療法から薬物療法へ

入院当日、病室に入ると、個人個人に大きな物入れがありました。私は隅々までアルコールで拭きましたが、衣類やタオルなどを直接入れる気がどうしてもしなくて、考えたあげく、大きなバッグごと入れてしまいました。

私は、自分の家の自分の部屋でしか安らげないわけですから、いざ入院して、二カ月過ごさなければならないと思うと、病院というのは私にとって外と同じなので、気分が一番ひどい状態まで落ち込んでしまいました。一日目は、メロメロで泣きそうでした。ベッドに横たわり（なぜベッドに入れたかというと、もう高速バスなどに乗って、充分汚れてしまったから）、「何も考えたくない、何もしたくない」という気分で、じっと目をつぶっていることしかできませんでした。入浴するのもやっとでした。しかし、薬が効いて、次の日には、大分余裕ができました。自分で言うのも変ですが、まるで人が変わったみたいに、看護師さんと笑顔で話せました。私が、お風呂の順番取りのために、床に自分の洗い桶を置かなければならないのが嫌だと言うと、看護師さんが、お菓子の空き箱に私の名前を書いて、順番取りの名札のようなものを作ってくれました。

その大学病院の精神科は、軽い症状の人しか入院させないので、ほとんどの人が、見ていてもどこが悪いのかわからないほど普通でした。そしてほとんどの人が、いい人でした。どうしてか知りませんが、二カ月間という短期入院しかさせない規則だったので、患者の入れ替わりが多く、せっかく仲良くなったのにもうお別れ、なんてこともありました。

私には毎日、とても緊張することがありました。日曜日以外、午前中にお掃除の人が来るのです。私は、お掃除の人が、手袋をした手で、どこかテーブルとかに触るんじゃないかと、気が気ではありませんでした。もし触ったら、後でそこを除菌用ウエットティッシュで拭かなければならないからです。だから、お掃除の人が来るまでは、ベッドを離れることができず、お掃除の人の動きを、ベッドに腰かけてずっと見張っているのです。どこにも触らなければいいな、と思いながら。

入院してすぐ、ちょっと困ったことがありました。トイレが洋式なのです。だいたい、いつもよく掃除されていてきれいでしたが、私は、そのまま座ることはできません。便座除菌クリーナーで拭いて、便座シートを敷いてからでないとダメなのです。しかも、その頃、私は不正出血で、毎日、ナプキンを使用しなければなりませんでした。気がついたら、私の服にポケットはほとんどありません。三つもかかえていると落としそうです。私は母にハガキを書いて、トイレ用にポシェットを作って送って、と頼みました。洋裁の得意な母は、すぐ、ポシェットを二つ縫って持ってきてくれました。私は二カ月間、トイレに行くたびにそのポシェットを愛用しました。

薬のおかげで私はなんとか普通に笑顔で生活できましたが、本当にくつろぐことはできず、いつも歩き回っていました。何か落ちつかなくて、じっとしていることができないのです。

行動療法をやる予定で入院したのに、いつまで経ってもそれらしいことが始まりません。

それで担当のT先生に文句を言うと、「エッ、だって薬が効いてるから」と言われました。薬物療法でいくと、決められていたようです。でも、せっかく入院したのだから、何かやりたい、と訴えると、自分の強迫観念、強迫行為について、レポートのような宿題を出してもらえました。それを読んでいた先生は、唐突に、知能テストをやると言い出しました。私はポカンとして、「この年になって、なんで今更知能テストですか?」と聞きました。先生の返事は、「○○さん（私のこと）がどれぐらい頭がいいか知りたい」と、冗談だか本気だか分からない返事でした。後で聞いた話ですが、大学病院というのは、患者はモルモットなので、なんでも検査するのが好きなんだそうです。

かくして私は、成人用知能検査なるものを受けました。T先生は、あまり細かく話をしてくれる先生ではなかったので、私の方から結果を聞きました。すると、「いいですよ。僕よりいいんじゃないですか」という簡単な返事で、私はもの足りませんでした。後に、退院してから、M病院のI先生に会いに行った時、言われた知能指数を言うと、「普通はいくつからいくつだから、それは相当いいんだよ」と説明してもらえました。ということは、強迫性障害は、脳の機能障害ですが、知能とは関係がないのですね。それを知るために先生は検査をしたのでしょうか。かくいう私は、子供の頃にも、学校で知能がいいと言われたことがあったので、「なんだ、本当だったんだな、勉強すればよかったな」と後悔してみたりしていました。

入院中、小さな事件がいくつかありました。例えば、ある日突然、お小水が止まってしまいました。膀胱にはたまるのですが、トイレに行っても出せないのです。尿意がいくらあっても、何度トイレに行っても出ません。薬の副作用でした。

私は洋式トイレに座るのに、やらなくてはならない作業があるのに、膀胱がパンパンに張っていても出せないのです。はずんでしまうくらいになってトイレにすっ飛んでいくと、やっと全部出るのです。先生は、もっと薬を増やしたかったようですが、その薬は減らすしかありませんでした。尿意があっても出せないというのは、ただでさえ病院にいるだけで落ちつかないのに、ますます落ちつきません。とても不愉快です。お小水が普通に出せるという、当たり前のことが、どんなに幸せなことか、思い知らされました。

❖――医学生さんとの話

大学病院では、実習の学生さんがいます。私にも、医学生さんが一人、看護学生さんが二人、それぞれ一週間ずつ担当になりました。別にすることもないので、ただおしゃべりをしたり、散歩するだけなのですが、ある時、医学生さんと話をしていた時のことです。先述した『作品A』のことで、不思議なことがあったので、医学生さんなら分かるだろうかと思って聞いてみたのです。すると、医学生さんが、「そういえば」と言って、例のキ○○クが美容師をしていたドラマの話を持ち出したのです。「車椅子のヒロインが死んだのだが、いくら考えても、何の病気か分からなかった」と言ったのです。

私は、そのドラマが始まると知った時、「きっと視聴率いいだろうな。人気者が出ていて、女が車椅子だから」と思いました。でも自分は、女の身体障害者を見て不愉快になるのが嫌なので、絶対情報が目に入らないように、雑誌『ステラ』のページも、その曜日のところは、開かないようにしていたのです。だから、まさか、ヒロインが死んだとは夢にも想像していませんでした。始まる時の宣伝では、「明るいドラマ」と書いてありました。

お涙頂戴ではありませんよ、と思わせようとしたのでしょうが、ヒロインを殺すのにそんな宣伝をするなんて、なんてずるい手段でしょう。

私は、学生さんの前では普通にしていましたが、ものすごくショックでした。このドラマは民放最高視聴率だったそうですが、その前まで民放最高視聴率だったドラマも、女性へのサディズムに満ちていました。どうして皆そういうドラマが好きなんだ、皆で喜んで女が死ぬのを観ていたのか、と頭はそれでいっぱいになってしまいました。先生に訴えたくて訴えたくてたまらなくなりました。その日は先生に来てもらえませんでした。翌日も日曜なので先生に会えませんでした。私は一日中、「女が死ぬのがもてはやされるこんな世の中は嫌だ、パラレルワールドが本当にあるなら、どこか他の世界に行きたい、今いるこの社会は嫌だ、もう耐えられない」と、そればかり考えて、涙を流しながらぐるぐる歩き回っていました。そして翌日、先生に渡すために手紙を書きました。

月曜日、手紙を読んだ先生は、「そうかな、『タイタニック』みたいな映画もあるし」とつぶやきました。しかし私に言わせれば、『タイタニック』はラブストーリー以前にまずパニック映画だし、男も女も大勢死んでいます。女の死体もプカプカ浮いていたし、水に漂う女の死体を、明らかに美しいものとして撮ってあるシーンもありました。

T先生は、とても興味なさそうでしたが、私が涙をこぼすのを見て、「点滴しよう」と椅子から立ち上がりました。点滴をしてもらうと、それまで一瞬も休むことなく私をせき立てていた嫌な感情が、雲か霞の向こうに遠のいていきました。信じられないくらい楽になったのです。「どうしてこんなに楽になるんですか」と聞くと、「通常飲むものの五倍の量の安定剤が入っている」と言われました。「薬っていいもんだなァ」と実感しました。私にとっては、それで問題が解決したことにはならないのですが、本当に苦しい時に、薬は助けになるのだということです。

❖——入院の二つだけの成果

母は数日置きに、高速バスに乗って、洗濯したものをどっさり抱えて、次の洗濯物を取りに来てくれました。毎日来ると治療のさまたげになるんじゃないかと気を遣っていたようです。母はいつも、気を遣いすぎるほど遣うのです。

もともとは、行動療法をやってみようということで紹介された入院だったのに、T先生は薬物療法でいくと決めてしまったらしく、行動療法はやらずに、退院の時期を迎えました。

退院するまでに何回か、家に戻りましたが、進歩が二つありました。M病院に通っていた頃は、帰ってくると、入浴を済ませるまで玄関より中へ入れませんでしたが、それが、着替えれば入浴前にも居間まで入れるようになりました。けれど普段の自分の座る場所までは行けず、部屋の入り口の方でしたが。それから、以前は薬の中身を茶碗の中に出してもらって、お箸でつまんで飲んでいましたが、自分で薬の袋に触って飲めるようになりました。入院の成果は、この二つだけでした。

大学病院へは、通うには少し遠すぎました。それより少し近くに、週一回、T先生が勤務している病院があったので、姉の車で、ドライブがてら隔週通いました。帰りの途中で、ちょっとしたレストランやお店に寄るのです。私は相変わらず化粧もせず、髪もいじらず、洗いざらしのブラウスとGパン姿でした。そういう自分を見られるのは、気持ちのいいことではありませんが、化粧品を塗ると汚い気がするし、おしゃれ着はクリーニングしてあるので素肌に着るのは汚い気がするし、美容院にはあまり行けないし、仕方なかったのです。肌を露出するとそれだけ汚れる気がするので、衿の開いた服や、半袖も着られません。夏でもずっと長袖でした。家族はそうやって私を外へ連れ出すことがリハビリと考えていました。しかし半年もすると、T先生は転勤になり、私は地元のI病院を紹介してもらうことになりました。もともとI病院は建物が古くて通えないので、遠くのM病院へ通い、そこから大学病院のT先生へという流れだったのですが、この頃には、I病院は新しく建て直されたばかりで、それで通う気になったのです。

十　外出する私

❖――東京へ観劇に行く時

私は時々、東京へ演劇を観に行くことがあります。そんな時は、一カ月くらい前から、憂うつになり、二週間くらい前から、ドキドキ緊張し始めます。好きなものを観たいから行くくせに憂うつになるなんて、変だと思われるでしょうが、東京は私にとって、とても汚い、それ故恐ろしい場所なのです。でも、観たいお芝居をどうしてもあきらめられないので、不潔恐怖と葛藤《かっとう》しながら、頑張って行くのです。自分で頑張っているなんて言うのはおこがましいのですが、本当に、頑張らないと行けないのです。普通の人のように気楽には行かれないのです。また、帰ってきてからの作業を考えると、余計、必死で張り切らないとダメなのです。東京の汚れを、家の中に持ち込んでしまってはいけないからです。

　私は東京に住んでいた頃は、お芝居の夜公演を観るのが好きでした。ですから、田舎に帰ってすぐは、夜公演を観て、一泊して、一本でも多く映画を観ようとしていました。でも、だんだんそれが辛くなりました。東京に身を置いているだけで、あまりに疲れるのです。身体の周囲を不潔に取り囲まれているという不潔恐怖のために、ずっと緊張しているからです。そこへ、一泊すれば、辛い気分が二日に渡ります。私は辛い気持ちに負けて、どうしても観たいものを絞って、昼公演を観て、日帰りするようになりました。そうすれば、大変なのは一日で済むからです。

　出掛ける日の朝、私は家を出る直前まで、居間で下着のままでいます。芝居を観る時に着るお気に入りのかわいい下着です。時間を見はからってトイレへ行き（その後、東京では一日中トイレに行かないのです）、それから玄関で、おしゃれ着を着て、お化粧をします。東京へ行く時だけ、めいっぱいのおしゃれをするわけです。もともと私にとって、劇場へはおしゃれをしていくものだし、東京へ行けば、当然自分も汚れるし、だから、クリーニングしたおしゃれ着を着て、お化粧もするのです。すっぴんで東京へ行くなんて恥ずかしすぎますし、また、東京の劇場で開演前に必ずお化粧直しをするので、化粧品も汚れているのです。私にとって、おしゃれと汚れることは同じことなのです。だから、玄関で家を出る直前にするわけです。お化粧品は、東京行き専用のバッグに入っていて、そのバッグは決して居間などには持ち込めません。こうして私は、出掛ける直前におしゃれしているのだけれど汚れていることになるのです。もう、居間へもどこへも入れません。

この時が、私が唯一、お化粧をする時なのです。本当は、日頃病院へ行く時などもきれいにして行きたいのですが、お化粧品を塗ることや、おしゃれ着を着ることは、とても汚れる行為なので、とても勇気のいることで、気力がないのです。病院などへ外出するのも汚れる行為なのですが、東京へ行く時などの汚れ方は、汚さのレベルが違うのです。東京などの大都市へ行くのは、私にとって、最も汚れることなのです。

東京で一番苦手な場所は、まず新宿の中央高速バスのターミナルです。そのあたりにはホームレスもよくいるし、汚れているからです。その場に身を置くだけで、恐ろしいのです。一歩一歩、大緊張して歩くのです。とうとう耐えられなくなって、バスでなく電車にした時期もありました。電車にしたらしたで、帰りに新宿駅のホームで、お掃除の人が気になります。でもそれが済めば、乗り心地はバスよりずっと楽です。しかし、電車はバスより時間もお金もかかります。時間は我慢できますが、お金はバスの二倍もするのです。

それでも私の気が楽なようにと、年金暮らしの親が、黙って電車の切符を買ってくれるのには、さすがに図々しい私も、「悪いなァ」という気持ちになり、またバスを使うようになりました。バスターミナルのコンクリートの上に座ったり、荷物を置いたりした人たちが座った座席だと思うと、汚い気がしてたまりませんが、仕方ありません。

❖──東京から帰って

家に着いてからが大変です。気疲れで、しばらくは玄関に立ったまま動けません。座ればそこが汚れてしまいます。気疲れだけでなく、日頃家に閉じこもっていて体力が落ちていることもあるでしょう。とにかく、しばらく立ったまま動けないのです。これから大変な作業が待っていると思うと、考えただけで、気が重くて、気力がなかなか出てこないのです。

私は玄関の上がりかまちに上がったところで、服を全部脱いで下着姿になります。真冬でもそうです。それから洗面所で手を腕まで洗います。それから母にビニール袋を三つ持ってきてもらいます。私は母になるべく近づかないようにします。それは東京の汚れを母に移さないようにするためです。不潔の感染を防ぐのです。東京から帰ってきた私は、汚れの塊なのです。普段とは立場が逆転するのです。喉が渇いて、缶ジュースなど受け取る時も、手が触れないようにします、毎回、母が持たせてくれるお守りや、お小遣いの残り、保険証などを母に返す時も、手が触れないようにします。そういう時、母は、自分が汚がられていると思っているのですが、私はそうではないんだということを説明する気力がありません。最初の頃は、相手が当然理解しているんだと思いこんでいたぐらいです。だって私は東京から帰ってきたのですから。私の方が汚れているに決まってるじゃん、というわけです。

さて、一つの大きなビニール袋には、脱いだ洋服を入れます。おしゃれ着だから当然クリーニングに出します。しっかりと袋の口を結びます。汚れを封印するかのようです。もう一つの袋には、ハンカチや、後で入浴直前に脱ぐ下着など、家で洗えるものを入れます。これは、後で母に洗濯してもらうのです。洗ってもらうまで、もう自分では触れないからです。もう一つの袋には、ゴミを入れます。お土産を入れてきた外袋など、その場でゴミにしてしまうのです。

それから、東京で観たお芝居のパンフレットや、買った本やらは、ティッシュを濡らして、絞って、表面を拭きます。そしてあらかじめ用意しておいた箱に入れます。それからカバンも、東京行き専用のカバンなので、雑巾（これまた、この時用の専用タオル）で拭きます。そして、ビニール袋に入れて、所定の場所にしまいます。拭いてすぐ、ビニール袋にしまうので、カビが生えてしまったこともあります。でも、その時しまってしまわないとダメなので、乾かしている時間はないのです。それから、東京で飲食したので、東京帰り専用のハブラシで歯を磨き、口の中を洗います。それらがすべて済んだら、雑巾で洗面所から板の間から玄関まで、自分の行動した場所をすべて雑巾がけするのです。スリッパの裏側も拭いて、もう拭いてない床は踏めないので身体の向きを変えます。このスリッパは、普段履いているのとは別の、東京帰り専用です（私にはスリッパが三足あって、普段家で履いているスリッパ、病院やたまの買い物など近場の外出から帰った時のスリッパ、あと一つは東京帰り用のスリッパです）。

これらの作業をする間、私はサッササッサと動けるわけではないのです。とにかく神経が疲れているので、何度も放心したりしながら、休み休み、ノロノロとやるのです。

それからやっとお風呂です。洗面台を二回洗ってきれいにした後、お風呂に入りますが、まず腕と頭と顔を洗います。それから全身を頭のてっぺんから足の裏まで、三回洗います。

その後、お風呂の洗い場やシャワーの取っ手などをすべて掃除し、もう一回頭のてっぺんから足の裏まで洗います。この間も、疲れて何度も放心します。放心すると、どこまでやったか分からなくなり、思い出せるところから、またやり直しをするので、当然皮膚はこすりすぎ、時間も余計にかかってしまいます。母はいつも、浴槽に熱い湯をなみなみと入れておいてくれましたが、私は身体を洗っている時に、浴槽のふたの上に泡やしぶきが飛ぶのが気になって、せっかく入れおいてくれたお湯に入れませんでした。

一番ひどい頃は、家に着いてから、お風呂を上がるまでに、だいたい六、七時間かかっていました。ある時は、東京に一泊し、帰ってからの作業に時間がかかるからと、余裕を見て、夜八時頃帰宅しましたが、お風呂から上がった頃には、夜が明けて、鳥が鳴いていました。

お金の件ですが、いい年をして、親からお小遣いをもらっているのか、と思われたでしょう。私は、東京を引き払う時に、貯金はほとんどない状態でした。法務局で働いたお金や、東京の口座にわずかに残ったお金を、ちょくちょく東京へ行って使っていました。まだ法務局で働いていた頃、どうにか病気に対する抵抗力があった頃です。働けなくなってからは、親が芝居のチケット代を出してくれたり、交通費も出してくれていました。その上、東京で楽しんでおいで、とお小遣いをくれていたのです。私はそれにはなるべく手をつけないようにして、自分の少ないお金（東京行き専用カバンに入れっ放し）を使っていましたが、それも底をつきました。法務局で働いたお金が少し残っていましたが、閉じこもりになって以来、お金や通帳などには触れないので、姉に頼んで管理してもらっていましたが、度重なる難民などへの寄付で、なくなってしまいました（寄付の手続きなども全部姉に依頼するのです。私はお金にも通帳にも触れないんですから）。

働いていない人間が、寄付どころじゃないだろうと思われるかもしれませんが、「寄付しないと、あの人たちは死んでしまう」と考えたら、つい、わずかなお金もさし出してしまったのです。そういう気持ちは、皆さんもお分かりでしょう。私の場合、親に寄生しているからできることでもあるのですが。

❖——美容院での出来事

私は家に閉じこもっているので、髪は伸び放題です。家の中では、いつもひっつめにしています。でも、どうしても東京へお芝居を観に行きたい時は、髪をなんとかしなくてはなりません。病院へ行く時はいい加減なのに、東京へ行く時だけは、おしゃれをしなくては嫌なのです。

私ははじめ、家から歩いてすぐ近くにある美容院へ行っていました。美容院では、首から上を触られまくるし、首にタオルなど巻かれるので、必死の覚悟で行くのです。だから、いつもは触れないお金も、自分でポケットに入れていきました。必死の覚悟といいましたが、東京へ遊びに行く時ほどではありません。

そこの美容師さんは二人いました。一人は、優しい感じの人でしたが、もう一人の方が、きつかったのです。指名とかはなかったので、私はいつも、きつい方の人に当たってしまいました。その人は、おしゃれ着を着ていないばかりか、お化粧もせず、モップのように髪ぼうぼうの私を、ひと目で軽蔑しました。それを感じていましたが、仕方ないので我慢していました。しかしある時、とうとう我慢できなくなりました。

私はどんな髪形にしたらいいか分からず、カタログを見ながら、「こんな風にできますか」と聞きました。すると彼女は強い調子で、「それはドライヤーで自分で整えなくてはダメだから、放っといてできる髪形じゃありません！」と言いました。そして次々私の指さすものを、はしから同じ言葉で否定していったのです。あまりの強い調子に、私は涙がこぼれそうになってしまいました。怒鳴られている気分ですから、情けなくて本当に泣きそうになりました。でも、いい年をしてここで泣いてしまっては恥ずかしいし、せっかく外出したのだから、なんとしても今日、髪を切って帰らねばなりません。覚悟して外出したのが、無駄になってしまうからです。私は涙をこらえ、必死につくり笑顔をして、「では、何ならできますか」と聞きました。そして、つまらない髪形にされて帰ってきました。

この時は、泣かないために必死でこらえて我慢しましたが、後になって後悔しました。泣いてしまっても、言いたいことを言って、切ってもらわずに帰ってきてしまえば良かった、他にも美容室はあるのだし、と思いました。

「私は強迫性障害で、普通に外出はできないんです。美容院に来るのも、必死の覚悟で来なければならないんです。おしゃれしたくてもできないんです。どうして、そんなにきつい言い方をするのですか。私がおしゃれな人間じゃないからですか。そんな風に人を傷つけたり軽蔑したりする権利が、自分にあると思っているんですか」そう言って帰ってきてしまえば良かった、と思いました。その美容院へは二度と行きませんでした。

美容院から帰ってきた晩のお風呂は、一層大変です。耳なんか、ちぎれそうになるほどこするし、首なんて、首を回すだけで皮膚が痛いほどこすらなくてはなりません。

お化粧の話が出ましたが、先ほども書いた通り、お化粧をするのも、おしゃれ着を着る時同様、東京などへ決死の覚悟で行く時だけです。お化粧品を顔に塗るのも、汚い気がしてなかなかできないのです。東京へ行く時のとは別に新しく買っても、汚い気がするのです。だから、病院へ行く時も、すっぴんなのです。美容院へ行く時もかなりの覚悟が必要ですが、東京へ行く時ほどではないので、なるべくなら、クリーニングしたおしゃれ着も着ず、お化粧もしたくないのです。

❖――家族旅行

私は東京に十年余住んでいましたので、その間に何度も、「東京だよ、おっ母さん」をやりました。母や父や姉を、十何回、いや何十回となく、東京を案内しました。家族は田舎者で東京には疎いので、当然自分がその時その時の彼らの上京の目的に合わせて、下調べして、予定を立て、連れて歩いたのです。

ある時期以降、私が一番気を遣ったのは、東京は汚いから、家族をできるだけ汚染から守らなければならない、ということです。反射神経の鈍い自分も、この時だけはできるだけすみやかに行動しなければなりません。そして、幼稚園の先生が、園児を引率するみたいに、常に彼らと自分の周囲に気を配っていなければなりません。人混みの中では、常に後ろを注意しながら、先に立って歩き、もし、ホームレスの人などがいたら、交通整理をするみたいに家族をよけさせたりしました。歩道の脇の植え込みに家族が近づきすぎたら、こっちへ引っ張ったり（ホームレスの人が植え込みをトイレにしているのを見たことがあるからです）、家族をひとまとめにしておいて、電車の切符を自分がまとめ買いしたりしました（券売機も、いちいち触ると汚いからです）。

今日の行動範囲では、どこそこのトイレがきれいだから、そこを使わせようとか、そんなことまで考えながら、家族が楽しく目的を果たして帰れるように、気を配り、いわばリーダーシップを取っていたのです。例えば、劇場の中で、「トイレ行く？　和式は右側だよ」「コーヒー飲む？　クリームはここだよ」「パンフレット買うのはここだよ、荷物クロークに預けてくるね」といった具合です。私がこれまでの人生でリーダーシップを取ったのは、こういう時ぐらいです。

さて、話はここからです。強迫性障害になると、症状として、幼児化すると言われていますが、私は、なかなかそれを自覚することができません。そこまで自分を客観的に認識する余裕が、精神的にないのです。

私が外出できなくなってから、何度か家族旅行に連れて行かれました。私は行きたくないのですが、家族にしてみれば、こんな私を一人で残していくわけにはいかないらしく、私はしぶしぶついて行きました。

外出できなくなってから初めての旅行の時、特急列車の中での出来事です。私は今より症状の強い状態だったので、外気にさらされて、カチンコチンに緊張していました。汚いと思うものに（空気に）身体を取り囲まれている恐怖で、何も考えることができず、それで幼い子供と同じような状態だったのだと思います。そんな私を気遣って、母の態度は、家にいる時と同じ、三歳児の面倒を見るような感じです。恐怖で緊張し、何も考えられず、動けず、無表情で固まっている私に、隣の席の母が、「お弁当どれにする？　お茶買う？」といった具合です。私が東京に住んでいた時と逆です。しかも私は、いい年をしていて、親は年を取っているのだから、周囲の人には、奇妙に映ったことでしょう。通路をはさんで隣の女の人が、私のことをじっと見ていました。私が見ても、目をそらさずじっと見ているのです。

途中、電車の進路が変わるのに合わせて、乗客が皆、バタンバタンと座席の向きを変えました。すると、今まで後ろだった席が前にきます。私の目の前の座席の背中の網袋に、誰かが読み捨てた新聞がグシャグシャに突っ込んでありました。私はそれが汚らしく思えて耐え難かったので、立ち上がって、「お姉ちゃん、席変わって」と蚊の鳴くような声で言いました。私の隣の席は母でないとだめなので、父と姉、母と私というように、四人が立ち上がってゾロゾロと入れ替わることになり、静かな車内でとても目立ちました。駅で停車する時、降りる人が通路を通って行きますが、若い会社員風の男が二人、私の方をわざと振り返って、「子供みてえだな」と嘲《あざけ》っていきました。私は最初、何をされたか分かりませんでした。数秒後に、自分が馬鹿にされたのだと気づきました。しかも、わざわざ私の顔を見て聞こえるようにしていきましたから、明らかな悪意です。私は悲しさでいっぱいになってしまいました。悔しいと思うような元気はないのです。ただ悲しいのです。次の駅で私たちも降りましたが、私の頭の中は、さっきの男たちに馬鹿にされた悲しさがふくらんで、それだけでいっぱいでした。しかも、都会の人混みに周囲を取り囲まれているのです。私は硬直状態になって歩けなくなってしまいました。そこへ、ホームレスがひょいと現れたので、思わず飛びのいて逃げようとすると、なぜか母が私を抱きとめました。その瞬間に、私はメロメロと泣き出してしまいました。私はショックを受けてから、ジワジワと時間をかけて怒りがこみ上げてきたり、惨めで悲しくなったりする癖があります。さっき、嘲りを受けたことは、私しか気づいていませんでした。それから少し時間が経っているので、今頃泣き出しても、家族にはなぜ私が泣き出したのか分かりません。姉は怒ってしまい、私は小さな子供のように泣いていました。その私を、じっと見ている他人の目が、またもやありました。

私が異常なのだから、病気だと知らない人に嘲りを受けても、仕方ないと思われる方もいるかもしれません。しかし、いかなる人間も、人を嘲る権利など持っていないと、私は思います。私は家族以外、誰にも迷惑をかけたりしていませんでした。私は誰からも悪意で傷つけられる筋合いなどなかったのだと思います。

旅行から帰ってきた夜、私はお風呂に入らないと家の奥へ入れません。しかし夕食をとらなければなりません。姉がお弁当を買ってきて、玄関に座って食べました。家族には強制しませんでしたが、私に合わせて、父も母も姉も、一緒に玄関に座り込んで食べてくれました。惨めでした。家族を巻き込んで、そんなところでお弁当を食べさせてしまっていることが、本当に惨めでした。玄関にかしこまってお弁当を食べている親の姿が、とても哀れなものに思えました。

十一　I病院と私

❖——S先生との話

紹介されたI病院のS先生は、とても腰の低い方でした。また、よく話を聞いてもらえて、それについていろいろ話を聞かせてもらえる方でした。どの医師も関心を示してくれない「女性に対するサディズムへの極端な嫌悪」についても、よく耳をかたむけてもらえるので、私は先生に会うのがだんだん楽しみになりました。先生に会いに行くために外出するのは、それほど辛くなくなりました。

どうしても観たいお芝居や絵などを東京に観に行く時の、出掛ける前の憂うつは変わりませんでしたが、帰ってきて、お風呂に入っている時の強迫観念は少しずつ薄らいでいきました。

二週間に一度通院しますが、入浴時の儀式というか、四回全身を洗わなければならないとか、作業自体は変わらないのですが、放心することが少なくなり、皮膚をヒリヒリ痛むまでこすりすぎることも少なくなり、精神的に楽になっていきました。途中でほかの事を考えても、「大丈夫だ、いつもの手順通りやったんだから」と思えるようになり、後戻りしてやり直すことが減りました。やがて、洗う回数も、四回が三回になり、外出日の入浴時間は一時間前後まで短くなりました。

前にも書きましたが、普通に外出できなくなってから、私はお化粧もおしゃれもできません。ある時、病院からの帰り道、お店のガラスに映った自分を見て、なんと醜いんだろうと思いました。しかも、「人相が悪い」と思ったのです。自分のことを、不細工だとは思っていましたが、人相が悪いというのは、自分でもショックでした。不細工なのは罪ではなく、仕方のないことですが、人相が悪いというのは、自分の性格が悪いからではないのか、と思ったのです。S先生にそのことを話すと、先生は、「〇〇さんは自分のことを不細工だと思ってるの？　僕は〇〇さんを不細工だとも人相が悪いとも思ってないよ。〇〇さんがそう思ってしまうのは、病気のせいだと思うよ」と言いましたが、私は涙がポロポロこぼれてしまいました。

診察の時は、いつも無表情になってしまい、暗くて、小さい声で話すことしかできない自分を、先生が不細工だと思っていないなんて、とても信じられませんでした。

❖——S先生の転勤とその後の変化

ある日、私はS先生の転勤を告げられて愕然としました。二年半ほどかかっていましたが、とても先生離れできるところまではいっていませんでした。新しく担当になった先生は、S先生に出会う前まで、私がずっとかかりたいと思っていた年配の女性でした。しかし私は、あんなにS先生に話をして自分の傾向を分かってもらっていたのに、いくら先生同士の引き継ぎがあったにせよ、新しい先生にまた一から話をしなければならないと思うと、とてもそんな気力がありませんでした。それで、先生の前に座っても、ろくに口もきけない有様でした。

なぜだか知りませんが、担当医師が変わると、薬もガラッと変わります。その時もそうでした。一カ月もしないうちに、体重が十キロ以上増えました。薬のせいとしか思えませんでした。それまではいていたＧパンは当然入らなくなってしまい、新しいのを買いました。私はぶくぶく太ってしまった自分が惨めで、薬を飲むのをやめてしまいました。でも先生にはそんなことは言えません。それで病院に行くこともやめてしまいました。

薬を飲むのをやめてしまった影響は、だんだんに出てきました。便秘などの副作用がなくなったのは良いのですが、抗うつ剤を飲まなくなったため、私はひどいうつ状態になってしまいました。その時の気分をどう表したら良いか分かりませんが、とにかく無気力になり、何もできないのです。毎日毎日、ただ横になっていたいのです。そして何も考えたくないので横になって目をつぶり、何も考えずに時間をやり過ごしていました。日記も書けない状態でしたが、わずかに書いたものがあります。

九月八日
私に必要なのは抗うつ剤だ。それは分かっている。字も書けない。
九月十六日
この数週間は悪夢だった。こんな恐ろしい体験はしたことがない。もう御免だ。病院の薬をやめてから、毎日、ただ悲しくて涙が出て、何も考えることができなかった。頭の中が洪水で水浸しにでもなったように、本当に何も考えることができなくて、ただ泣いていた。お母さんが薬局で漢方の抗うつ剤を買ってきてくれたら、少し良くなった。でも何もする気力がないのは同じで、それはずっと続いている。夜になると、たまらなく悲しくなって、大声で泣く。ただ死んでしまいたくなるけれど、怖いし、残していく親のことを考えると、それもできない。そんな時、テレビを観ていて、また例の逆上が始まった。腹が立って、頭にきて、何日間も頭から離れず、怒りがこみ上げてどうしようもなかった。何もかも誰かに打ち明けて、救ってもらいたいけれど、誰にどう話せばいいのか分からない。素人に話してもダメだ、友達をなくすだけだ。S先生にずっと話してきたのに、いなくなってしまって、他の先生に、また一から話さなければならないと思うと、途方に暮れる。私の苦しみは、不潔恐怖だけではないからだ。誰か助けて、誰か助けて、誰か助けて。今日はちょっと調子がいいけれど、こんな状態は耐えられない。

九月十八日

夏中ずっと、ひどい咳に悩まされていた。吐きそうになって、本当に吐くこともあった。どうせ風邪だったのだろうけど、これが何か肺ガンとか悪い病気で、このまま死んでしまえたらどんなにいいだろう、と思っていた。ところが昨日ぐらいから、治まってしまった。このまま長生きして、何になるだろう。

八月から病院に行かなくなり、薬も飲まなくなり、このような状態が続きました。そして九月の終わりに、とうとう一睡もできなくなりました。若い頃ならともかく、まる二日間、本当に一睡もできないのはこたえました。眠ろうと思って横になって目をつぶっていても、眠れないのです。しかも、頭の中は暴走して、一人でおしゃべりしているのです。それが一時も止まないのです。頭の中のＢＧＭに、ショパンのピアノ協奏曲第一番が、ガンガン鳴っているのです。嫌な記憶、忘れていた記憶が、次々よみがえり、自分の人生を呪いました。二晩目には、本当に殺してほしいと思うほど辛かったのです。これはたまらない、と思い、翌月曜日に病院に行って薬をもらうことにしましたが、朝になって、ウトウトし始めました。力が入らず、動くのもやっとで、目の前に出された食事を、ただ口に運ぶというだけの作業すらできないのです。そして、子供の頃の悔しかったことを思い出して、母に話して号泣する始末です。例えば、小学校の五、六年生の頃、近所に住む同級生の親の、悪意の告げ口で、何もしていないのに担任の先生にひどく怒られたことがありました。そういうことは落ち込んだ時に思い出すものです。私はそれを母に、「私は何も悪くないのに、何も悪くないのに、先生に怒られた」と、子供のようにしゃくり上げながら訴えて泣きました。

❖――通院の再開

もう、どうしても薬が必要でした。しかし、動くのもやっとで、フラフラで、外出の後のお風呂のことなどを考えると、尚の事外出する気力がありません。しばらく病院に行ってないので、行かなければ、薬だけもらうことはできないだろうと思うのですが、「出掛けなくては」と思うと、涙がポロポロと出てくるのです。困ってしまい、母が病院に電話すると、とりあえず薬をくれるというので、母に取りに行ってもらいました。私は一日中横になっていましたが、ウトウトするだけで、夢ばかり見て、熟睡はできませんでした。とにかく力が入らず、動けないので、夜、お風呂に入らずそのまま居間で眠りたかったのですが、翌日、洗濯をしなければならないことになりました。父が旅行に行っていて、翌日帰ってくるので、翌日洗濯の準備をすることはできません。お風呂に入ってもらわなければならないからです。前にも書きましたが、洗濯の前日は、家族（父）にお風呂を遠慮してもらわなければならないのです。エタノールで消毒した洗濯機に近づかれたくないからです。でも、その先に洗濯の順番を延ばすと、病院に行く日になってしまいます。その日の朝出かける前に洗濯するほど、回復できているかどうか分かりません。洗濯をしないで病院へ行けば、外出した後二日くらい置かないと洗濯はできないのです。自分がちゃんと清潔になったかどうか（外の世界の汚染がとれたかどうか）、自信が持てないからです。清潔になった気がしないからです。そうすると、洗濯物がたまりすぎてしまいます。それで急拠、翌日父が帰ってくる前に洗濯をすることになり、その準備をしなくてはならなくなりました。しかも私は洗濯の前日にお風呂に入らないなんてできません。お風呂に入るだけでも重労働気分なのに、洗濯準備までしなくてはならなくなり、大変な苦痛でした。動くのもやっとだからです。洗濯の準備を済ませてから、あとはお風呂に入るだけなのに、その前に一時間、身体を休めなくてはなりませんでした。本当に、動けなかったのです。さすがに薬が効いて、その晩はよく眠れましたが、眠れすぎて、翌日は昼の二時に起こされるまで眠っていました。

これに懲《こ》りて、私は再び病院も薬も続けることになりました。眠れなかった時、頭の中が暴走している時に、頭の中でずっとショパンが鳴っていたと書きましたが、それは、それより少し前に、その演奏をよく聴いていたからです。もともと好きな曲で、NHKの『N響アワー』で放送したユンディ・リの演奏を録画していたのです。ユンディ・リの演奏には幸福感があり、それに私は夢中になりました。それで繰り返しビデオで聴いていたのです。ユンディ・リの演奏を観ていると、彼がピアノを喜々として弾いているのが伝わってきました。「この人はピアノを弾くことがうれしくてたまらないんだな」ということが伝わってくるのです。それで、聴いていると、こちらまで元気を分けてもらえそうで、何度も聴いていたのですが、それさえも、私の一番ひどいうつには太刀打ちできませんでした。うつ病とは違いますが、うつの症状になってしまうのは、病気のせいだからです。

体重も、もとには戻っていません。私は毎晩、お風呂で鏡を見るたび、ルノワールの裸婦像みたいにぶよぶよになってしまった自分が惨めでなりません。

十二　完璧主義と私

❖——学生時代のこと

私はずっと、自分のことを完璧主義者だとは思っていませんでした。なぜなら、物事を投げる性格があるからです。

私は勉強だけでなく、学校の活動すべてに興味がなく、いつもぼんやりと何かを空想したり、頭の中で物語を作ったりして、その場に関係ない事を考えている子供でした。しかし一つだけ、例外があり、それが国語でした。幼年時より読書が好きだったこともあり、いくらか読解力があったようです。私には、何か本を読むと感想文が書きたくなる、というようなところがありました。国語の授業で何か読解の問題が出ると、大抵のことは考えなくてもすぐ分かりますが、中には考えてもわからないことというのがあります。例えば生徒から出された質問で、文中には答えがないものもあります。文中には答えがないので、そんなことはいくら考えても分からない、ということが私には分かります。けれど国語で自分にわからないことがある、というのが私には許せませんでした。それで、明けても暮れても、道を歩いている時も、御飯を食べてる時も、ずっと考え続けました。

例えば次のようなケースです。小学校五年生か六年生の時のことです。教科書に載っていた話で、昔、太平洋横断飛行の最短時間記録を成功させた外国人の実話がありました。その人は日本のどこか東北地方の都市から、アメリカのどこかの都市まで飛行したのですが、掲載されていた地図を見ると、北海道を出発した方が、近いと思えるのです。なぜ距離の短い北海道から出発しなかったのか、という質問でした。しかし、なぜ飛行家が、距離の短い北海道を選ばずに東北地方の都市を選んだのか、文中にはその理由は書いてありません。書いてないことは読んだって分からないのに、と私は思いましたが、先述した通り、国語の授業で自分に分からないことがあるのは許せないので、何とか答えが分からないかと、私は一日中考え続けました。夜になって、ふと思い立ち、世界地図に定規を当てて、そのアメリカの都市と、北海道を結んでみました。問題ありませんでした。それで今度は地球儀に定規を当ててみました。すると答えが出たのです。地球儀で北海道とアメリカの到着した都市を結ぶと、ベーリング海の上を飛んでしまうので、太平洋横断にはならないのです。

次の国語の時間、私は早速その答えを結果だけ発表しました。すると、私が着席するやいなや、ある優等生が手を挙げて、「何も地球儀なんか使わなくても世界地図で用は足りる」と言ったのです。私はびっくりしました。そんなことわざわざ手を挙げて言うほどのことかと思ったのです。しかも、そんな発言をした以上、彼は答えを見つけていなかったのです。おまけに地図なら、国語の教科書に載っていて、それ故に出た質問なのですから。優等生とはおかしなものだ、理解できないと私は思いましたが、自分が正しい答えを見つけた、というだけで満足していたので、わざわざ言い返すことはしませんでした。

ちょっと話がそれました。さて、中学校に入学すると、英語の授業が始まります。私は考えました。「自分は日本語をどうやって覚えたのだろう。知らないうちに覚えたのだ。それでここまでしゃべれるようになったのだ。私はもう十二歳だ。今から外国語を勉強して、日本語みたいにしゃべれるようになるだろうか。とても想像できない。しかも、一から単語をすべて覚えるなんて、面倒臭いしできっこない」それで私は英語を勉強するのは拒絶することにしました。中学校生活も、やはり授業を聞かず、テスト勉強もせずといった具合で過ごしました。高校受験の時も、全く受験勉強はしませんでした。不安なのですが、しないのです。でも、受験当日の試験は、なんとか投げずに取り組みました。それで落ちずに済んだのです。

大学入試の時も、やはり受験勉強はしませんでした。全くしなかったのです。日頃の勉強の積み重ねもありません。そして、これは何年も後になって気づいたことなのですが、受験の本番で、英語の白紙答案を出してしまったのです。問題用紙を見るなり、うんざりしてしまって、問題に目も通さずに、一時間、ぼんやりしていたのです。それで、当然の結果が出ました。

❖――就職してから

新卒で就職した時の私は、先にも書きましたが、ミスをしたら死刑になる、くらいの気持ちで、いつも緊張して必死でした。気を抜くことは一度もありませんでした。社会人というのはそういうものだ、お給料をもらっているのだから必死でやらなくてはならないのだ、と思っていました。用事で他の部署を訪ねて、「お菓子食べない？」などと誘われると困ってしまって、「お菓子を食べているこの時間もお給料が出ているんだ」と思うと、一口食べて話もしないで慌てて逃げ帰ってくるのでした。三時にはお茶がでましたが、ほとんど飲んだことはありません。一息つかないと飲めないのに、仕事中に一息つくということができなかったからです。ひたすらに下を向いて電卓をたたいていると、「そんなに根を詰めちゃいけないよ」と、よく注意されました。その頃は原因不明の胃痛によく悩まされていました。ストレスだったのでしょう。

私はどうしても勉強したいことがあったのと、アルバイトに対する憧れ（今でいうフリーターですね）があったので、会社を一年半で辞め、アルバイトを始めました。夜間の学校に通いながら数カ月間、書店で働きましたが、本が好きなので仕事は楽しいのですが、お給料が少なすぎて生活できず、仕事を変えました。すると今度は、働かなくてもいい、何もしないで電話番をしてくれればいい、という会社で、めったにかかってこない電話を待っているのが苦痛でした。来客の後、コーヒーカップも洗わないでいいというのです。まだ強迫性障害ではありませんでしたから、ただボーっと座っているよりも、カップを洗いたくてうずうずしました。セクハラを受けていたこともあって、会社に行くのが嫌で、毎日遅刻し、週に一回ズル休みしました。そんな状態が嫌で、三カ月で自分から辞めてしまいました。よく、クビにならなかったと思います。

それから少しして、学校に通うのをやめて、田舎に帰ろうかどうしようか迷っていたので、ひとまず派遣の仕事をしました。部長がとてもいい人だったので、私はひたすら働きました。上司を尊敬してしまうと、私は夢中で働いてしまうのです。滅私奉公してしまうのです。少しくらいの残業なら、サービスしてしまいました。派遣なので、毎日、就業時間を記入して、部長にサインをもらうのですが、「今日は自分がとろくさくて残業になったから、残業つけなくてもいいや」と思うと、その日はサインをもらいに行かないのです。そして、次の日に、定時につけた勤務表を持って何くわぬ顔でサインをもらいに行きます。すると上司のS部長は、私のやっていることを見抜いていて、手帳を取り出し、前の日の私の残業をちゃんと書きこんでくれるのです。そういう部長だから、尚更、滅私奉公しました。

私の仕事は、仕上がると主任に印をもらうのが本来なのですが、この主任が、仕事で外出していることが多く、なかなか印をもらえません。「今日はどうしても印をもらわなくてはならない」と思って、「今日は何時に外出されますか」と聞くと、午後一時過ぎだと言われました。もらえなければもらえないで、代理の印をもらえばいいのですが、本来は主任の印をもらうものなので、今日こそなんとしても主任の印をもらおうと、私はお昼を食べずに仕事を続け、やっと時間に間に合わせました。もちろんその後お昼を食べに会社を抜けるなんてできる性格じゃありませんから、その日はお昼抜きでした。

私の仕事ぶりを見ていた隣の課の課長は、私が辞める時、私のことを、「馬鹿真面目」だと言いました。「馬鹿」がついても、「真面目」だと言っているのだから、悪い意味ではない、誉め言葉なんだよ、と言われました。この会社を辞める時は、とても悪い気がしました。喫茶店で、部長に理由を聞かれた時、私は困ってしまい、真下を向いて黙ってしまいました。何十分も部長は黙って待ってくれました。私は、自分のペースで進められない仕事に強いストレスを感じ、同時に同僚の若い女性社員たちの仕事ぶりに不満がたまっていたのです。

私がこんなことを書くのは、別に、自分が仕事人間だと言いたいのではなく、その前のアルバイトの時と比べてほしいからです。アルバイトの身分だからいい加減なのではありません。会社や上司次第で、私の仕事態度は、めいっぱい頑張るか、完全に投げてしまうかどちらかなのです。

強迫性障害になりやすい人のタイプとして、よく「完璧主義者」というのが挙げられます。先に書いたように、私は自分のことを、完璧主義者だとは思っていませんでした。I病院でS医師に完璧主義者だと言われた時、私は、「私は違います。大学入試で白紙答案を出したくらいですから」と言いました。すると先生は、「完璧主義の人は百点か零点かどちらかなんだよ。六十点とか七十点とか中途半端な努力はしない、やるかやらないかどちらかなんだよ」と教えてくれました。それで私は、自分にあてはまることが、初めて自覚できたのです。

このようにして、私は現在に至っています。本当に治るんだろうか、将来どうなってしまうのか、とても不安です。自分では、どうしても治ると思えないからです。今でも強迫観念に支配されているからです。

今でも、例えば本に触れるのはお風呂掃除の後です。ジャブジャブ洗ったものではないので、何か汚い気がして、読みながらかゆいところをかくこともできないので、長時間は無理です。読みたい本は山積みですが、お店などで不特定多数の人の手が触れた本に触るのは、あまりに緊張するので、なかなか集中できません。一日に読めるのはほんの数ページです。それ以上、集中力が続かないのです。

少しも良くなっていないとは言いません。確認行動などは、ほとんどなくなってきました。薬のおかげでしょうか、分かっていてしない時もありますが、確認をするということ自体を忘れてしまったりします。

紙に触れるようになったので、こうして手記を書くこともできるようになりました。昼間、入浴する前に自室に入れるようになり、部屋でやりたいことができるようになりました。

最近は、少しずつですが、強迫行為を認識して止めてみることもできるようになりました。例えば、母が、うっかり間違えて私のスリッパを履いてしまったとします。以前なら、大騒ぎしてスリッパを新しいものに替えたり、エタノールで消毒したりしていました。しかし最近は、「居間で、母が歩いたところを自分も歩いたのだから同じことだ」とか、「スリッパが、外部で作られたものだから、もともとやたら清潔なものではないのだ」などと考えて、耐えることができるようになったのです。症状のひどい時は、理屈で分かっていても納得できず強迫行為になってしまっていたのを、「まあ、いいや」と思えることが、ほんの少しずつ増えているのです。

私は、廊下などに物が置いてあると、「汚いからどけて」と言って通れませんでしたが、それも少しずつ緩和されてきました。

病院がきれいで、スリッパを履くところではないので、スリッパに触らなくてもいいというせいもありますが、病院帰りに買い物もできるようになりました。以前はできなかったのです。病院帰りに買ったものは汚れてしまうと思っていたのです。

しかし、何より大事な外出ということが、なかなかできません。今でも庭にすら出ることができません。外気に触れるということができないのです。これでは自立はもちろんのこと、普通の生活ということができません。

私がこのような手記を書こうとした動機は、姉がインターネットのあるページを、プリントアウトして持ってきてくれたことがきっかけでした。そこには、たくさんの書きこみがあって、皆、同じ苦しみを分かち合う仲間を求めていることが分かりました。それで、私も、強迫性障害について書けば、誰かの力になることができるかもしれないと思ったのです。

でも、書き始めて間もなく、私は、自分が、自分のためにこれを書いていることに気づきました。私も、誰かに分かってほしい、と強く願っていたのです。

電話で友人と話していると、甘えているだけなんじゃないかと疑われますが、その人は、私の日常生活を見てもいないし、入浴後、電話しているその時、私が白い木綿の手袋をして受話器を持っていることさえ知らないのです。

自分の人生がこの先どうなってしまうのか、本当に不安でたまりません。毎日、人生の時間を浪費しているという気持ちで焦りを感じています。この手記が、同じ苦しみを抱えている同胞たちの、少しでもなぐさめになれば、と願います。本当は治ってから、治る過程を書いた方が意義があるでしょうが、私にはまだまだそれは遠い道のりなのです。

今、この手記を終えるに至って、改めて読み返し、自分という人間が、強迫性障害のためとはいえ、これほどまで強く人を憎んで生きてきた事に、激しい恐れを感じています。自分の罪深さがおそろしくて、手足がぶるぶる震えて止まらなくなりました。心臓がバクバク暴れだし、何度も息が止まりそうになりました。私が憎んだり傷つけたりしてしまった人々に対し、この場をかりて深くお詫びしたいと思います。

こうしている間も、強迫症状にかられ、時間をかけてじっくり原稿と向き合うことができません。本当に自分が書いた文章なのかと思うくらいです。これは大変な恥さらしなのかもしれません。

最後に、私のために一生懸命な、私の犠牲になり続けている、可哀想な愛しい母に、感謝します。母に安らぎの幸せな日々が、いつか訪れますように。

末筆になりましたが、つたない手記を拾い上げてくださった星和書店の方々に、お礼申し上げます。

二〇〇五年三月

花木葉子

著者紹介

花木葉子（はなき　ようこ）

1965年生まれ。
一番感動した映画はルキノ・ヴィスコンティ監督『揺れる大地』。
一番感動した芝居はピーター・ブルック演出『マハーバーラタ』。
憧れの小説家は幸田文。

不潔が怖い―強迫性障害者の手記―

2005年6月13日　初版第1刷発行

著　　者　花　木　葉　子
発 行 者　石　澤　雄　司
発 行 所　株会式社　星和書店

東京都杉並区上高井戸1-2-5　〒168-0074
電話　03(3329)0031（営業部）／(3329)0033（編集部）
ＦＡＸ　03(5374)7186

編集協力　株会式社　みち書房

Printed in Japan　ISBN 4-7911-0575-3